埃尔维斯去世

能够看到生活中光明的一面当然是好的，但真正的智者也能看到阴暗的一面。

——［瑞典］玛丽娅·格里佩

安徒生奖大师经典
埃尔维斯成长记

我就是我

[瑞典] 玛丽娅·格里佩 著 王梦达 译 郑雅文 绘

中信出版集团 | 北京

图书在版编目（CIP）数据

我就是我 / (瑞典) 玛丽娅·格里佩著；王梦达译；郑雅文绘. -- 北京：中信出版社, 2022.5（2024.6重印）
（安徒生奖大师经典：埃尔维斯成长记；5）
ISBN 978-7-5217-3915-2

Ⅰ.①我… Ⅱ.①玛… ②王… ③郑… Ⅲ.①儿童小说－长篇小说－瑞典－现代 Ⅳ.①I532.84

中国版本图书馆CIP数据核字（2022）第007939号

Bara Elvis

The cost of this translation was defrayed by a subsidy from the Swedish Arts Council, which is gratefully acknowledged.
本书荣获瑞典艺术委员会翻译基金资助，特此致谢

我就是我
（安徒生奖大师经典：埃尔维斯成长记 5）

著　　者：[瑞典] 玛丽娅·格里佩
译　　者：王梦达
绘　　者：郑雅文
出版发行：中信出版集团股份有限公司
（北京市朝阳区东三环北路27号嘉铭中心　邮编　100020）
承 印 者：北京盛通印刷股份有限公司

开　　本：880mm × 1230mm　1/32　　印　　张：6.75　　字　　数：112千字
版　　次：2022年5月第1版　　印　　次：2024年6月第2次印刷
京权图字：01-2022-1151
书　　号：ISBN 978-7-5217-3915-2
定　　价：28.00元

如有印刷、装订问题，本公司负责调换。
服务热线：400-600-8099
投稿邮箱：author@citicpub.com

“我是一个提问者，而你更像是一个回答者。”埃尔维斯说道。

“有的时候，问题比答案更有趣。”托尔斯滕一脸若有所思。

目录

1 一个好问题

埃尔维斯站在窗户前。

石子路上有车轮碾压过的淡淡痕迹，还有一汪一汪的小水坑。好在阳光格外灿烂，将窗框上的雨滴照得亮晶晶的。

埃尔维斯在窗台上摊开信纸，然后一个字一个字地写道：

托尔斯滕：

你好！

我现在问你的这个问题，恐怕要用很长的时间才能找到答案。

你得费劲琢磨一番了。

我的问题是：

地球的中心在哪里？

或者这么说吧，世界的中心在哪里？

有人住在那儿吗？

期待你的回信！

你的朋友埃尔维斯

好了！这回托尔斯滕可得好好开动脑筋了！托尔斯滕曾在信中写道，无论埃尔维斯想出什么奇奇怪怪的问题，他都能给出答案。托尔斯滕是一个善于思考的人。去年冬天，他成功地计算出一个雪球里究竟有多少片雪花。虽然花了整整一个冬天的时间，可他终究还是算出来了，答案是6389片！

这次问的是一个好问题。埃尔维斯好不容易才想出来的。埃尔维斯善于提问，托尔斯滕善于回答，从这点来说，他们两个倒是很搭。

埃尔维斯和托尔斯滕是朋友。其实他们彼此了解并不多，只是见过几次面而已。当时，妈妈和爸爸去加那利群岛度假了，埃尔维斯住在乡下的爷爷奶奶家。托尔斯滕也去做客了几次。不过托尔斯滕想要见的并非埃尔维斯，而是埃尔维斯的爷爷。埃尔维斯当时还不知道，爷爷和托尔斯滕是朋友。

埃尔维斯也从没想过，除了自己以外，爷爷居然还有其他的朋友。当然了，爷爷肯定是有大人朋友的，可托尔斯滕还是孩子嘛。埃尔维斯为此很不高兴，所以拒绝和托尔斯滕交朋友。托尔斯滕也懒得和他做朋友。虽然爷爷极力撮合他们在一起，可他们俩谁都不乐意。

不过后来，埃尔维斯和托尔斯滕还是成了朋友。那是埃尔维斯回到城里之后的事了。他意外遭遇了车祸，在医院里躺了好长一段时间。住院期间，他收到托尔斯滕寄来的信，落款写着“你的朋友托尔斯滕”。埃尔维斯很高兴。从那以后，他们就算正式成了朋友。

埃尔维斯将信纸折叠起来，塞进信封。这是一封相当有意思的信，埃尔维斯心里喜滋滋的。他舔了舔封口上的背胶，然后把信严严实实地封起来。

这时，他看见了院子里的爸爸。爸爸胳膊下夹着一卷地毯，一只手拿着掸子，满脸不高兴地往外走。今天下午他本来没事，可他之前答应过妈妈帮忙大扫除，于是只好硬着头皮出去清理地毯。爸爸耷拉着脑袋，一步一挪慢吞吞地走着。

埃尔维斯是不是该上去搭把手？

今天是春季大扫除的日子，不过事实上，现在早就是夏天了。因为春天的时候，妈妈刚准备要进行大扫除，外公突然去世了，家里变得一团糟。妈妈伤心极了，既没有心情，也没有精力忙别的事。

埃尔维斯和爸爸主动提出帮忙，可效果并不好。妈妈总要跟在他们屁股后面收拾烂摊子，把他们做过的家务再重做一遍。

妈妈说，他们大扫除的时候，眼里根本没活儿。他们完全没有认真去“发掘”需要打扫的地方。而妈妈呢，她在屋里转来转去，挪挪这里，动动那里，不放过任何一粒灰尘。她把边边角角都顾及到了，包括一些别人意想不到的卫生死角，比如台灯底座下面。

妈妈为此不知道唠叨了多少次。埃尔维斯说，他和爸爸是以实事求是的态度进行大扫除的，不像妈妈总是鸡蛋里挑骨头。听到这话，妈妈当然气得直跳脚。她说现在自己总算弄明白了，爸爸唯一能胜任的工作就是清洁地毯。她的胳膊没劲，所以拍打起来力气不够。至于埃尔维斯，说他多余都是客气的，他只会制造更多的垃圾，给妈妈平添更多的麻烦。所以他做得越少，家里越消停。既然妈妈这么说了，埃尔维斯只好什么都不做。

爸爸把地毯铺开，摊在栏杆上，然后点起一根烟，打量着面前的地毯。过了一会儿，爸爸掐掉烟，开始用掸子拍打起来。从拍打的沉闷声响中可以判断，爸爸心里一定觉得无聊透顶。

那妈妈呢？她在做什么？埃尔维斯有好一阵子都没听到妈

妈的动静了，她肯定躲在哪里忙活着……

埃尔维斯得去瞧瞧。

客厅里一个人都没有，只有塞桑蜷缩在角落里打着盹儿。卧室里也没有妈妈的身影，不过等等——壁橱的门开了一条小缝！妈妈肯定躲在里面呢！她要么在找东西，要么在整理衣服，要么在擦擦弄弄！妈妈总是静悄悄的，不发出一点儿声音。埃尔维斯完全能够想象出那幅场景，他看过好多次妈妈在壁橱里忙碌的样子，已经将画面深深印在脑海里：妈妈跪在地上，抄起一块抹布，这里擦擦，那里蹭蹭……

院子里传来爸爸拍打毯子的声音，其中透着越来越强烈的怨气。

埃尔维斯站在原地，盯着虚掩着的壁橱门出神。一个疯狂而调皮的念头突然闪过他的脑海。埃尔维斯轻手轻脚地走上前去，以闪电般的速度关上壁橱的门，然后将钥匙转了一圈。妈妈被关进去了！她被反锁在了壁橱里面！

接下来必定是一场狂风暴雨！

埃尔维斯向后退了一步，等待爆发的那一刻。

可是，什么事都没发生！

他究竟做了什么？埃尔维斯的心在胸膛里怦怦直跳。时间一分一秒地过去，壁橱里一点儿动静都没有！出什么事了？

妈妈怎么没有尖叫？她也没有拼命拍打橱门，嚷嚷着要求出去？

事情的发展和他想象中完全不一样。埃尔维斯不过想要开个玩笑，稍微捉弄一下妈妈。

可她怎么不生气呢？

房间里静悄悄的，只有院子里爸爸拍打地毯的声响，以及挂钟的嘀嗒声，伴随着埃尔维斯扑通扑通的心跳声。

妈妈在里面昏过去了吗？是因为太害怕了吗？

妈妈是不是孤零零地躺在地板上，周围一团漆黑？埃尔维斯的恶作剧把她吓成了这样？

还是说，妈妈憋着劲想要吓埃尔维斯一跳？

她没准儿是故意不发出声音的？就等着埃尔维斯开门查看情况的时候，冷不丁跳出来打他个措手不及。

到底会是哪一种情况？

哎呀，埃尔维斯慌了神。就在他茫然无措的时候，电话铃突然响了！尖锐的铃声仿佛一把小刀，划破了沉默。电话铃响了一声又一声。换作平时，妈妈只要一听到铃声就会着急起来。按照妈妈的脾气，她无论如何也要冲出去接电话的。壁橱里面应该也能听到电话铃声。埃尔维斯忐忑不安地盯着橱门。太可怕了……

他究竟都干了些什么啊！

电话铃似乎越来越急促，塞桑被吵醒了，不耐烦地汪汪直叫。埃尔维斯心里越来越焦躁，他脑袋一热，拔脚就朝外面跑去，还重重地带上了门。埃尔维斯冲下台阶，穿过院子，来到大街上。

“埃尔维斯！等一下！”

是爸爸，他刚刚清理完地毯。

“什么事这么着急？”

埃尔维斯只好走了回去。爸爸将清理过的地毯卷成一卷，夹在胳膊下面，另一只手拿着一根点燃的香烟。

“你能跑趟腿，帮我买份晚报回来吗？”爸爸问。

埃尔维斯的嗓子眼儿仿佛堵住了一样，一个字都答不上来。埃尔维斯张了张嘴，但担心声音暴露出自己内心的恐惧，很快又闭上了。

“你不愿意吗？”

埃尔维斯点了点头，又慌忙摇了摇头。当然，他当然可以去帮爸爸买报纸。

“太好了。可我身上没带钱，你得跟我回去一趟。”

他们走上台阶，爸爸走在前面，埃尔维斯跟在后面，机械地移动着两条腿，大脑已经完全停止思考，一颗心仿佛跌进了冰窟窿，冷飕飕的。

爸爸开了门，塞桑蹦蹦跳跳地跑了出来，汪汪直叫。屋子里静悄悄的。爸爸在房间里转来转去，到处找自己的钱包。埃尔维斯屏住呼吸，紧张地聆听着他的脚步声。爸爸现在进了卧室。

万一钱包在他的大衣口袋里？大衣就挂在壁橱里呢？

还好不是。爸爸拿着一堆零钱回到门厅。他数出买报纸的钱，放在埃尔维斯手里，还多给了他一克朗[①]作为报酬。

“好啦，埃尔维斯。现在你可以出发了吧？”

埃尔维斯点点头，仍然不敢开口说话，只是顺从地将钱揣进口袋。爸爸真的不知道妈妈在哪儿吗？

“你买完报纸就回来吧？”

埃尔维斯又点点头，然后转身跑掉了。

爸爸目送他的背影消失，然后关上了门。

接下来会发生什么呢？

爸爸会走进壁橱，发现昏倒在地的妈妈吗？

还是妈妈会自己悠悠转醒？

总会发生点儿什么的吧！

---

① 克朗：瑞典货币单位。在本书创作的年代，1克朗约合5元人民币。——译者注。

一切像是一场噩梦。埃尔维斯一路跑到了报刊亭，停下脚步大口喘着粗气，试图让自己平静下来。等他回去的时候，妈妈肯定已经醒了。她不至于昏迷这么长时间吧？

不过，也有可能是她的眩晕症犯了？

妈妈一天到晚都在唠叨说，埃尔维斯太不省心了，所以她的眩晕症都要犯了！听上去似乎很严重的样子。眩晕症到底是个什么毛病？得了眩晕症的话，人会死吗？应该不至于吧……

不过妈妈肯定会很生气，恼羞成怒，骂骂咧咧，不过只要她平平安安的，发点火就发点火吧。

埃尔维斯买好了报纸。

对了，爸爸不是多给了他一克朗吗，他可以给妈妈买点东西嘛！报刊亭里有卖妈妈喜欢吃的那种又甜又软的太妃糖。一克朗正好买五颗，就这么定了。

埃尔维斯的心里好受了些。虽然他本可以用这一克朗买点别的东西，不过没关系。太妃糖总归不会浪费的，要是妈妈不吃的话，他就自己吃掉好了。重要的是表现出对妈妈的关心，这样妈妈醒过来后，就会知道埃尔维斯还是感到后悔和抱歉的。

埃尔维斯一路小跑回家。不管怎么说，他还是给妈妈买了太妃糖的！

他在大门口停下脚步，抬头看了看卧室的窗户。一个人影都没有。上台阶的时候，他刻意放轻了脚步，留神听妈妈的声音，可里面静悄悄的。埃尔维斯按门铃的时候，整个人都在颤抖。

但愿，但愿开门的人别是妈妈！

爸爸出来开了门。他一脸惊讶地看着埃尔维斯。

“你干吗要按门铃？你知道家里的门没锁啊？”

埃尔维斯将报纸递给爸爸，心虚地一动也不敢动，一声也不敢吭……他就这样站在门口，小心翼翼地朝屋内张望。

爸爸哗啦哗啦翻着报纸。

“怎么了，埃尔维斯？你这是要进来还是要出去？”

爸爸扬起手，作势要把门关上，埃尔维斯站着没动，犹犹豫豫地往里看。

“你这是怎么了？”

埃尔维斯连着往后退了几步，爸爸把门关上了。

他现在该去哪儿？

口袋里的五颗太妃糖！埃尔维斯掏出一颗塞进嘴里。

妈妈的太妃糖……

或许，他再也没有妈妈了？他没准儿已经成了别人说的那种“没妈的孩子”。他在书上读到过，一旦妈妈死了，小孩子的命运就变得很悲惨。况且和其他孩子相比，埃尔维斯的情况更不值得同情——他是自己选择沦为“没妈的孩子”的，因为他把妈妈活生生吓死了！

这就是整件事情的经过。埃尔维斯逐渐意识到，眩晕症是会死人的。

他的生活全都被毁了！就在不久前，他刚给托尔斯滕写完信的时候，心里还喜滋滋的呢，可现在……都是因为壁橱的门留了一条小缝！

不过大祸已经酿成，后悔也没用了。埃尔维斯很清楚，这就是谋杀。他在电视上看过关于杀人犯的报道，当时他害怕极了，可又忍不住想要看下去。现在轮到他自己头上了！他稀里糊涂地就成了杀人犯。

妈妈说得没错。

他正在误入歧途。

埃尔维斯将双手插在裤兜里，贴着墙边往前走，他在电视里看过，杀人犯都是这个样子。他耷拉着脑袋，肩膀一直耸到耳根，目光牢牢盯着脚下。对，杀人犯横穿马路的时候，还会心虚地东张西望，埃尔维斯也有样学样地照着做。

埃尔维斯一直走到主街上。好多人从商店里进进出出，手里还拎着大包小包的购物袋。他们的脸上洋溢着幸福的笑容。

埃尔维斯感觉自己仿佛是个孤独的旁观者。眼前这些无辜的人们沐浴着阳光，有说有笑地享受着生活，完全没有察觉到身边出现的危险分子——埃尔维斯·卡尔松，一个应该蹲监狱的杀人犯。

埃尔维斯停下脚步，又吃了一颗太妃糖，接着是第三颗，第四颗。他的嘴巴塞得满满当当，第五颗无论如何都塞不进去了。

他就站在大街上，吃着本该属于妈妈的太妃糖……可怜的妈妈，可怜的太妃糖……埃尔维斯用力咀嚼起来，满脑子都是悲哀的念头。他知道，家是回不去了，他最好尽快出城。因为警察马上就要来了，就像电视上拍的那样。

这时，他突然看见，街对面该不是？

不可能！不会是真的。他肯定出现了幻觉……

作为杀人犯，他的良心受到了谴责，所以满眼看到的都是受害者的身影……他知道，电视上就是这么说的……

大街上的汽车来来往往，埃尔维斯仿佛没有看见似的，冲着街对面就走了过去。他得搞清楚自己看到的究竟是什么——一个幻影？一个幽灵？还是一个长得一模一样的路人？

突然有人从背后抓住了他的领子。埃尔维斯差点儿闯了红灯，一个陌生女孩将他拦了下来，直到交通灯变绿后才放开他。可惜那个身影已经不见了。

埃尔维斯向四周张望了一番，哪里都没有。就在刚才，橱窗前站着一个像极了妈妈的身影，简直太像了。这一切会不会只是他的幻觉而已？这是一家服装店，没准儿她就在店里。埃尔维斯透过玻璃窗向里面看去，可一个人都没看到。肯定不会是妈妈，妈妈怎么可能出现在这儿呢？

埃尔维斯沮丧地走开了。大街上挤满了人，埃尔维斯被人潮推着，漫无目的地游来荡去。他刚从口袋里掏出最后一颗太妃糖，突然听见身后一阵急促的脚步声。

“埃尔维斯，我的小宝贝！你在这里做什么？”

埃尔维斯转过身去。

妈妈张开双臂冲他跑了过来。她的脸上红扑扑的，整个人容光焕发。

“埃尔维斯！”妈妈露出一个灿烂的微笑，埃尔维斯一头扑进她的怀里。

“我亲爱的小宝贝，你见到妈妈这么高兴啊！”

妈妈似乎很感动，她把埃尔维斯紧紧抱在怀里。埃尔维斯将脸埋在妈妈胸口，贪婪地享受着妈妈的拥抱，高兴得流下了眼泪。

埃尔维斯和妈妈就站在人行道中间，其他人纷纷从他们身边绕过去。妈妈赶紧拉着埃尔维斯挪到一边，她幸福而满足地笑着，连声说着："我的小埃尔维斯……"

埃尔维斯把太妃糖递给妈妈。

"这是我给你买的！"

妈妈感动极了，又一次紧紧地抱住了他。埃尔维斯特意出门找她，就是为了给她一颗太妃糖，这太可爱了。妈妈在埃尔维斯脸上狠狠亲了一口。埃尔维斯有点不好意思，但心情也放松了很多。

对于被关进壁橱的事，妈妈居然一点儿也不生气？妈妈肯定知道是埃尔维斯干的吧？或者，她以为是风把壁橱门关上的？那样的话，她应该会大声求救吧？

妈妈高高兴兴地拉起埃尔维斯的手。

"来吧，埃尔维斯。我也出来好长时间了，得赶紧回家整理壁橱去。我本来是要买樟脑丸的，可东看看西看看就耽误了……"

埃尔维斯惊讶地瞪着妈妈。

她还没有打扫壁橱吗？这个问题一定得搞清楚。

"没呢，小家伙。我想等买完樟脑丸再打扫的！"

"真的吗？"

埃尔维斯傻眼了。他明明清楚地看见她跪在壁橱里，拿着一块抹布擦来擦去。至少他是这么认为的……

奇了怪了。难道他从那时起就开始产生幻觉了吗？

妈妈拉着他高高兴兴地往家走，一路走一路说说笑笑。

不过他们一回到家之后，妈妈就立刻钻进壁橱开始收拾起来。

埃尔维斯远远地站在一旁。

壁橱的门像之前那样虚掩着，留出一条小缝。

会是他看错了吗？

为什么他总觉得妈妈会出事，而且还是他害的。

埃尔维斯走进厨房。写给托尔斯滕的信还躺在窗台上。

埃尔维斯拿起信走了出去。

这是一封重要的信。

2 和爷爷吵架

“妈妈是知道的！”

妈妈睁大了眼睛，严肃地瞪着他，意味深长地点了点头。

“妈妈是知道的，埃尔维斯！”

听到这话，埃尔维斯心里一沉。他这回又做了什么？埃尔维斯的大脑里一片空白，可仍然觉得心虚和困惑，甚至不敢直视妈妈的眼睛。他也不知道为什么自己总觉得愧疚。妈妈到底知道了什么？

“反正比你以为的要多。所以你别太自以为是，埃尔维斯。”妈妈的声音听起来怪怪的，脸上的表情看起来也怪怪的。

最近一段时间以来，妈妈开始越来越多地谈到所谓“第六感”的话题。意思是，她能感知到很多事情，预先知道即将发生的一切。当然主要是针对埃尔维斯和爸爸。如果他们想打什么鬼主意，她第一时间就能察觉到。

妈妈预感到的总没什么好事。所以对于埃尔维斯来说，妈妈的第六感是一种很糟糕的感觉。

妈妈说，她能感到埃尔维斯有事瞒着她。（当然了，埃尔维斯有好多事都瞒着妈妈。因为不是所有事都能告诉妈妈的。这点妈妈也能理解。）妈妈说这话时的表情，就好像埃尔维斯犯了滔天大罪一样。不过每个人不都是这样吗？

埃尔维斯心里直犯嘀咕，妈妈说她已经知道了，那她知道的是什么？

是某件特别的事吗？

还是说，这是妈妈耍的小花招，目的在于逼他自己开口？

肯定和安娜罗萨没关系。她去厄兰岛度假了，和她的妈妈和她不喜欢的某个新爸爸。安娜罗萨根本不想跟着去，可她别无选择。埃尔维斯很同情她。不过郁闷总会过去的。不知道哪天，安娜罗萨的妈妈就会忘了现在的这个，再给她找个新爸爸。安娜罗萨都习惯了。她说，要是这些爸爸都不怎么样的话，换来换去倒比守着一个要好。安娜罗萨的爸爸们也的确都不怎么样，唯一一个让她喜欢的就是布罗瓦尔。布罗瓦尔有可能就是安娜罗萨的爸爸，可她自己也不确定。

“我的爸爸有可能是布罗瓦尔，也有可能是其他人。”安娜罗萨常常这么说。说这话的时候，她表情很严肃。

妈妈信不过安娜罗萨，也不希望埃尔维斯和她在一起。埃尔维斯才不在乎呢。不过这一次，安娜罗萨不在，确实和她扯不上任何关系。

也可能是关于爷爷的事。妈妈同样不喜欢爷爷。自从外公去世之后，她对爷爷越发看不顺眼。妈妈总觉得老天不公平，外公早早撒手人寰，爷爷却活得好好的。

“外公真是个又体面又善良的好人。”妈妈一提到这事就叹气。她的意思是，爷爷既不体面也不善良，当然也算不上什么好人。不过她不敢直接说出来。在埃尔维斯看来，情况恰恰相反。他从来都不喜欢外公。当然，外公都已经去世了，这么说肯定是不礼貌的，所以埃尔维斯也就在心里想一想而已。妈妈应该能看得出来吧……埃尔维斯对爷爷的喜爱总是写在脸上，藏都藏不住。

今天，妈妈带着塞桑出门遛弯儿的时候，埃尔维斯给爷爷打了电话。爷爷待会儿要进城，祖孙俩约好了一会儿见面。莫非妈妈第六感察觉到的就是这个？那她为什么不直说呢？非要拐弯抹角地说上一大通，还用怪异的眼神盯着他看？

埃尔维斯站在门口。他该怎么办？要是现在直接说了，妈妈很可能不让他出门。可要是什么都不说，妈妈又已经知道了，她会勃然大怒，更不会让他去见爷爷了。

“爷爷在城里。”埃尔维斯说了一句。

“是吗？你是怎么知道的？”

“你和塞桑出去的时候，我们通过电话。”

“你之前怎么没告诉我？”

“我现在不是告诉你了嘛。”

妈妈用责备的眼神看着埃尔维斯，然后失望地叹了口气。

“这么说来，今天又看不见你的人了？我还想着和你一起找点儿好玩的事做做呢……早知道没戏，我就不费那个心思了。”

埃尔维斯只觉得脑子轰的一下，整个人都蒙了。他完全不知道妈妈本来有其他安排的！

“什么好玩的事？”他问。

“嗯……出去散散步之类的。不过现在说什么都晚了，你已经和爷爷约好了，才不会想和我一起玩呢。”

“我想的！你早一点儿告诉我就好了……我都不知道……”

妈妈深深叹了口气。

“算了算了，埃尔维斯，反正都这样了……我也想不到你今天要和爷爷出去啊！你们不是前天才见过面嘛！”

埃尔维斯挠了挠头，头发被抓得乱糟糟的。他无助地看着妈妈。

“还记得你答应过妈妈的话吗，埃尔维斯？”

妈妈忧郁地看着他，顿了顿，然后继续说道：“你忘了吗？你答应过妈妈，外公走了，你会和妈妈永远在一起，永远都要好好的。”

埃尔维斯的大脑瞬间一片空白。外公去世的时候，他到底答应过妈妈多少事啊？完蛋了，他已经七七八八忘得差不多了。埃尔维斯又挠了挠头，灵机一动想出一个主意。

“你可以跟我们一起玩！爷爷肯定不会介意的！”

妈妈瞪了他一眼。

“你听听自己在说些什么，埃尔维斯？可以跟你们一起玩，爷爷不会介意！这都什么话！”

埃尔维斯糊涂了。他觉得这主意还不错。爷爷对每个人都很好，肯定不会不欢迎妈妈的，顶多就是有点儿意外罢了。

“我们要去港口，和埃里克一起喝个下午茶。”埃尔维斯说。

“埃里克？埃里克是谁？”

“爷爷的一个朋友。他就在港口上班。我们可以把你早上烤的小圆面包带过去！埃里克可喜欢吃了！”

埃尔维斯越说越激动。问题解决了！他和妈妈可以先散步去港口，然后一起喝个下午茶！

可妈妈却皱起了眉头。

"是吗？埃里克喜欢吃我做的小圆面包？我怎么不知道？"

"是真的！他非常非常喜欢！"

"他应该没吃过我做的小圆面包吧？别说傻话了，埃尔维斯！"

妈妈的语气显得很不耐烦。在她看来，埃尔维斯纯属睁眼说瞎话，就是为了哄她开心，自己好和爷爷见面。

"才不是呢！他当然吃过啦！"

"什么时候？"

"我带去的！好多次呢。我们喝下午茶的时候……"

妈妈倒吸了一口凉气，她瞪大眼睛盯着埃尔维斯。

"我说呢！难怪！你这谎撒得可不是一星半点儿，埃尔维斯！我早就猜到了！你一直背着我从篮子里偷拿小圆面包！你说，你这么干有多久了？"

背着妈妈？偷拿？埃尔维斯彻底糊涂了……妈妈叹了口气，继续说道："我就知道你答不上来。你为什么不先问问妈妈呢？只要你开口，想拿多少小圆面包都可以！你怎么就是不肯问呢？"

埃尔维斯这回真的答不上来了。他怎么都想不明白，如果真像妈妈说的那样，小圆面包随他拿，那他也没必要每次都和妈妈说吧？埃尔维斯挠了挠头，说不说有那么重要吗？

妈妈走到面包篮旁边。她利落地拿出一只纸袋，掀开篮盖儿，将小圆面包一个个装进纸袋里。因为是今天早上刚烤出来的，所以小圆面包还散发着阵阵香气。妈妈把大大的纸袋递给埃尔维斯。

“我就不跟你去了，埃尔维斯！不过你可以把这些小圆面包带上，分给爷爷，还有那个叫埃里克的！下次一定要记住，先问过妈妈才行！必须要问妈妈！走吧，免得爷爷等你！”

埃尔维斯接过纸袋出了门。纸袋里面装的小圆面包比他平时自己拿的多多了。妈妈是个慷慨的人，很乐意和别人分享。不过要是他没问的话，妈妈也就不知道自己和别人分享了小圆面包，自然也体验不到分享的快乐了。所以埃尔维斯必须先和妈妈打声招呼才行。现在他总算明白了！

爷爷就不一样了。他才不在乎谁是分享的一方，谁是被分享的一方，谁允许谁不允许呢，照他的说法，只要最后事情搞得定就行。爷爷也的确是这么做的，妈妈可不接受。

因为这个小插曲，港口边的下午茶似乎被赋予了某种特殊的意味。以前，埃尔维斯都是临时起意，抓起几个小圆面包就赶去和埃里克见面，从没像今天这么正式地拎上满满一袋。埃尔维斯知道埃里克上班的时间安排。每次都由埃里克提供咖啡，埃尔维斯带小圆面包，他们配合得还挺默契。下雨的时候，他们往往躲在仓库里，太阳好的时候，他们就坐在外面的木桥上。埃里克喜欢聊各种各样的船，包括它们从哪里启航，目的地又是哪里，它们如何装卸货物，如何抛锚进港。埃里克在仓库里上班，对这些内容了如指掌。埃尔维斯是通过爷爷认识埃里克的。爷爷年轻时和埃里克一起出过海。

爷爷和埃里克常常回忆过去的岁月。那时的生活处处都是惊喜。而现在，坐船出海和在工厂上班几乎没有任何区别。埃里克说，以前的航海和现在完全不是一个概念，水手和大海有着真真切切的亲密接触。可现在，人们对大海几乎一无所知。

埃尔维斯去的时候，爷爷已经到了。埃里克和爷爷坐在仓库外的木桥上。埃尔维斯注意到，他们正在进行一场严肃的对话，但一看见他就立刻转换了话题。这种事之前从没发生过，至少爷爷会向他解释原因。不过埃尔维斯拿出纸袋的时候，埃里克和爷爷明显眼前一亮。他们每个人都分到了三个小圆面包。

埃里克开始聊起他感兴趣的另一个话题——机器。他说，机器能代替人们完成很多工作，甚至还能了解人们的思想。

可爷爷听得心不在焉。他一直在琢磨自己的事，偶尔会抬起头，长时间地凝视埃尔维斯，然后又将目光转向别处，一副若有所思的模样。

爷爷只要一开口，说的都是托尔斯滕的事，每次都是。爷爷会复述托尔斯滕讲过的话，托尔斯滕做过的事。一开始，埃尔维斯并没放在心上，他喜欢托尔斯滕，也很想了解托尔斯滕的近况。可后来渐渐变了味，爷爷对其他的似乎都不关心，好像他满脑子想的都是托尔斯滕！只有托尔斯滕！这太过分了！

埃尔维斯心里酸酸的。他试图扭转这一局面，可失败了。他心里升起一股无名火。爷爷那口气，就好像托尔斯滕是全世界最伟大的杰作一样！埃里克一脸严肃地点点头，说道："嗯，照这么说，那个小托尔斯滕还真有两把刷子……"

埃里克知道什么？他又不认识托尔斯滕？

埃尔维斯想错了，事实上，埃里克去乡下的时候，还真在爷爷家见过他。这么说来，托尔斯滕跑爷爷家跑得也很勤快喽？埃尔维斯还以为他们只见过几面呢。

埃尔维斯霍的一下站起身来。他没有兴趣再坐下去，满耳朵都是托尔斯滕长托尔斯滕短的，还不如走了算了。

埃尔维斯把面前剩下的两个小圆面包递给埃里克。

"你吃吧！我要回家了！等下次，就剩我们两个的时候……我们可以聊聊机器，还有其他有意思的事！"

埃尔维斯瞥了爷爷一眼，旋即将目光转向埃里克。他才懒得搭理爷爷呢。让他见识见识，没有了他，埃尔维斯一样也能过得很好！

说完，埃尔维斯就走了。

“这是怎么了？”他身后传来埃里克疑惑的声音。

不过埃尔维斯没打算回头，爷爷也没吭声。埃尔维斯迈着坚定的步子往家的方向走去。离他们越远越好！让爷爷等着瞧吧！

埃尔维斯走过几条街，刚转过一个街角，就看见爷爷蹬着埃里克的自行车冲自己骑了过来。

埃尔维斯装作没看见。

爷爷从他身边骑了过去，埃尔维斯能感到爷爷的目光始终盯着自己。等骑出一小段后，爷爷转过身，骑着自行车又追了上来。爷爷贴着人行道边缓缓骑着，始终和埃尔维斯保持不远不近的距离。

他们就这样穿过一条又一条街道。埃尔维斯加快了脚下的速度。他们始终没说话。爷爷时不时朝他看一看，埃尔维斯则故意避开爷爷的目光。只有一次，他往爷爷的方向望去的时候，眼角的余光瞥到了爷爷一脸严肃的表情。

他们很快到了汽车站。开往乡下的汽车已经等在了停车场。爷爷从自行车上跳下来，埃尔维斯也停下了脚步。爷爷停好自行车，锁上锁，然后朝埃尔维斯走来。

“你能帮我拿一下钥匙吗，埃尔维斯？送到那边的小卖部就行，埃里克会去取的。”

埃尔维斯接过钥匙，跑到小卖部，将钥匙留在那里，然后也没多想，本能地赶紧回到爷爷身边。

爷爷将手放在埃尔维斯的脑袋上，摘下他的帽子，揉了揉他的头发。

“看样子，我们两个有必要谈谈，你觉得呢，埃尔维斯？”

埃尔维斯倔强地摇了摇头。不要，他没必要和爷爷说话。

“你好像在生我的气嘛。”

汽车缓缓驶入站台。爷爷该上车了。可埃尔维斯还是一声不吭。

“怎么了，埃尔维斯？你肯定有什么心事，对吧？”

爷爷边说边朝汽车走去，埃尔维斯跟在后面。

“有什么你就说吧！想吵架都可以！我受得住。”

爷爷迈上车门踏板，埃尔维斯站在下面。

“我有那个胆量吗？”埃尔维斯总算开了口。

“说什么傻话呢，埃尔维斯！”爷爷瞪圆了眼睛，“你今天这是怎么了！”

没等爷爷继续往下说，司机已经招呼他赶紧上车了。随着车门嘎吱一声关闭，汽车轰然发动，从埃尔维斯眼前缓缓驶过。埃尔维斯不假思索地追了上去，可汽车越开越快。

埃尔维斯被远远甩在后面。他拼了命地向前跑。

这时，汽车停了下来，倒退着往回开了一段。车门又一次打开了，爷爷跳了下来，和埃尔维斯面对面站着。埃尔维斯几乎要哭出声来。

“你讨厌！”

司机嘀嘀按着喇叭。爷爷一只脚踩上车门踏板。

“说得好，埃尔维斯！说得好！”

“说你讨厌有什么好的！”埃尔维斯没好气地说。

“赶紧上来，我要开车了！”司机大声命令道。

“等一下！”

爷爷又跳了下去，一把举起埃尔维斯，将他抱上车。

“现在可以开车了！”爷爷一边说，一边递给司机一张十克朗的纸钞，给埃尔维斯买了车票。

“你还没问我愿不愿意上车呢！”埃尔维斯仍然很生气，带着哭腔嚷嚷道。

爷爷将他按在座位上，瞪大眼睛看着他。

“你没权力强迫我！”

“你们两个到底想怎么样？”司机叹了口气问道。

“稍等……我得问问这个小家伙，愿不愿意跟我坐车兜兜风。”

埃尔维斯是愿意的，可他还惦记着妈妈。

“你总不能像这样，憋了一肚子气就走了，埃尔维斯。我们得好好聊一聊。你最晚什么时候要到家？”

“晚饭前。”

“没问题！”爷爷立刻有了主意。埃尔维斯可以和爷爷在汽车上说说话。他们可以一直坐到终点站，然后跟着汽车返回城里。爷爷会在中途下车，埃尔维斯一个人继续坐回汽车站。这样保证能在晚饭前赶回家。爷爷用恳求的目光看着埃尔维斯。

埃尔维斯点点头。这倒是个好办法。他也不想憋着一肚子气和爷爷说再见。埃尔维斯跑到汽车最后一排坐下来，这里没有其他乘客，他们两个可以好好说会儿话。

一开始，埃尔维斯和爷爷都没吭声。对于埃尔维斯来说，最糟糕的是，他之前的怒气已经完全没有了，他的心情又变得愉悦起来。埃尔维斯也不知道自己该说什么，关于托尔斯滕的事根本不值得一提。

“我们可以就这么坐着，看看风景，兜兜风。”他向爷爷提议道。

爷爷表示当然可以。

“不过埃尔维斯，你不会害怕顶撞我吧？我可是你的爷爷！你要知道，你心里有任何想法，都可以随时说出来。无论好的坏的，你都可以告诉我！不然你以后要怎么办呢？”

听到这话，埃尔维斯的火又蹿起来了。以后要怎么办？这不是妈妈成天在他耳边唠叨的话嘛！难道爷爷也要问这么蠢的问题吗？

“我以后要怎么办不关你的事！”埃尔维斯一字一顿地说。

爷爷饶有趣味地看着他。

“我看是你不知道怎么办才好吧！”

就这样，他们话赶话地说，你一言我一语地吵了起来。最后，埃尔维斯怒气冲冲地蹦出一句：“你没资格跑过来教训我！你满脑子想的只有托尔斯滕！你就不能说点儿别的嘛！”

爷爷将头靠过来，吹了声口哨。

“啊哈！闹了半天，原来是为了他啊！”

埃尔维斯恼羞成怒。

“胡说八道！托尔斯滕就是个笨蛋，我才不在乎他呢！”

“这话就说得不实在了。托尔斯滕一点儿也不笨，真的。”

“他当然笨！他就是笨！他就是个笨蛋！”

“我不会说托尔斯滕的坏话的，埃尔维斯。就像我也不会说你的坏话一样。”

“你爱说就说好了！反正你也很讨厌！”

“你不也是吗？”

“才不是！”

“就是！”

他们两个气鼓鼓地瞪着对方，脸涨得通红。突然间，两个人不约而同地笑出声来。他们都已经词穷了。埃尔维斯想要再找些话来反驳爷爷，可是连自己都觉得可笑。所有的怒气在笑声中烟消云散，埃尔维斯亲昵地将脑袋靠在爷爷的肩膀上。

“这还是我们第一次吵架呢……”

爷爷伸出胳膊，搂住埃尔维斯。

“是啊……吵得还有模有样的。”爷爷说，“哪怕是再要好的朋友，偶尔也需要拌拌嘴。”

爷爷笑着说，今天吵架的效果不错，以后他们还可以多吵吵。

“但是就算吵架，我们也不会翻脸，对吗？”埃尔维斯说。

爷爷看着他说，自己也希望是这样。虽然爷爷和埃尔维斯是很要好很要好的朋友，但他们的观点也不可能永远一样。有的时候，他们太希望保持一致了，所以不敢说出自己的真实想法，更糟糕的是，为了达到统一，他们甚至都不允许自己产生别的念头。

“你得承认，埃尔维斯，有时候我们的确会做这种傻事。”爷爷说。

没错，埃尔维斯表示同意。对于他来说，最重要的就是和爷爷拥有同样的想法，至少，也是一样的思维方式。

“你这么想就错了！大错特错！”爷爷说，“每个人都应该忠于自己的内心。有不同意见的时候，吵一吵反而是件好事。”

爷爷攥紧拳头，朝空中挥了两下。

“反正对我来说……吵架是家常便饭。”

“我也是。”

“我很乐意吵架，不过要看对象，我不是和谁都会吵的。”

“我也是，我也不会随随便便和别人吵。”埃尔维斯附和道。

这是个很有意思的话题。吵架并不像人们以为的那么简单，其中还能引发不少思考呢。爷爷说：“我只和信得过的人吵架！”

这是一个全新的观点，不过埃尔维斯还是表示了赞同。所以他才最喜欢和爷爷吵架！

“因为吵完之后，我们还是好好的！”

汽车已经抵达了终点站，绕了一圈又向城里驶去。爷爷很快就要下车了。最后这一段路，他们两个手拉着手，默默坐着。埃尔维斯能感觉到爷爷从没像现在这样喜欢自己。而他也从没像现在这样喜欢爷爷。没有任何力量能把他们分开。

汽车停了下来。爷爷到站了。他站起身，车门嘎吱一声开了。爷爷冲埃尔维斯点了点头，下了车。

“代我向托尔斯滕问好！让他别忘了给我回信！”埃尔维斯冲着爷爷的背影喊道。

爷爷回过头，冲埃尔维斯挥了挥手。没问题，他一定会把话带到的。

“要是你能见到他的话……”

埃尔维斯的话还没说完，车门嘎吱一声关上了，汽车继续向前驶去。下车后，埃尔维斯直接回了家。他不想惹妈妈生气。想到爷爷，埃尔维斯的心情格外舒畅。

“这一下午过得怎么样？”埃尔维斯刚一进门，妈妈就迫不及待地问道。

“挺好的。”

“那你们都做了什么？”

“我们吵架了。”埃尔维斯老老实实地答道。

妈妈吃惊地盯着他。

“你说什么？你们吵架了？不是闹着玩的？”

“当然不是闹着玩的！”

妈妈正站在厨房里整理东西。惊讶之余，她失手把装鸡蛋的袋子砸在了台面上。

“我们吵得可凶了。”埃尔维斯一脸扬扬自得的表情，他为能和爷爷吵架而感到自豪。

妈妈的双颊泛起了红晕，脸上有着掩饰不住的兴奋。

“我说埃尔维斯……你和爷爷吵架了？”妈妈迫不及待地想要挖掘出更多细节。她打算用碎掉的鸡蛋给埃尔维斯做一杯蛋奶酒。没想到啊……埃尔维斯和爷爷翻脸了！

“那你们都在吵什么呢？”

“什么都吵！”

“你们肯定因为某一件事而闹了别扭吧？”

“不是一件事，而是每件事……”埃尔维斯在妈妈的试探和怂恿下，越说越起劲。

“哎呀！你终于开窍了，埃尔维斯！还记得妈妈一直和你说什么来着？爷爷就不是一个好对付的人，和你原先以为的不一样！”

“的确不是……”

妈妈一边说一边搅打着蛋液。埃尔维斯兴致勃勃地看着她做蛋奶酒。妈妈一连打了两只鸡蛋，看得出来心情大好。埃尔维斯又不傻，当然能猜出其中的原因。就让妈妈得意一阵子好了，虽说要让爷爷受点儿委屈，不过爷爷这么大方，肯定不会计较的。所以埃尔维斯也就不和妈妈较真儿了。没错，就像妈妈说的那样，爷爷不是一个好对付的人，他说话总是冲头冲脑的，所以和他打交道格外费神。

“不过我以前一直都没想到……”

“你当然想不到！”妈妈笑着舀了一勺蛋奶酒，递给埃尔维斯尝了尝，然后问道，“我是不是该多搅拌一会儿？”

妈妈又搅拌了起来。蛋奶酒又浓稠又香甜，味道真不错。

“我的小埃尔维斯……还记得你以前有多崇拜爷爷吗？”

“我现在也是啊！”

妈妈停下了搅拌的动作，不可置信地盯着他。

“你不是说你们闹别扭了吗？”

“是啊。可我们又和好了啊。”

“可你说，你们吵架不是闹着玩的。”

“我们吵架是当真的。不过我们和好也是当真的。”

厨房里顿时变得静悄悄的。妈妈一下一下地搅拌着蛋奶酒。埃尔维斯察觉到异样，觉得自己有必要向妈妈解释清楚。爷爷说的那段很有哲理的话是什么来着？对！差不多是这样的：“如果两个人的想法总是一样的，那他们就该偶尔吵吵架，拌拌嘴，这样才不至于都……就是一味附和……”

“我听不懂你在说什么，埃尔维斯。要是两个人想法差不多，那根本没有吵架的必要吧？”

埃尔维斯的脑袋阵阵发胀，他努力想要解释清楚。现在他总算把爷爷的话原原本本地回忆起来了，可妈妈唠叨个不停，根本没给他说话的机会。

“你给我听好了，埃尔维斯。你说的根本前言不搭后语。两个人如果好好的，没事吵什么架呢？你别想蒙我！”

“当然会吵架。而且人们只和自己信得过的人吵。”

可妈妈根本不想听埃尔维斯的辩解，一直在打断他的话头。至于妈妈说的话，埃尔维斯也听不进去。反正他们就是各说各的，谁都不服气谁。

“你不明白我说的意思?！”

“你以为你明白吗，埃尔维斯！你都不知道自己在说什么。好了，现在你老老实实地告诉妈妈，到底是怎么回事。你们究竟在吵什么？”

“没什么……”

“刚才你还说你们每件事都闹别扭。”妈妈不耐烦地摇了摇头，“你这不是前后矛盾吗？”

埃尔维斯看着她，心里一阵悲哀。他觉得很累。这是妈妈经典的话式，可以唠叨个没完没了。和爷爷吵架则完全不同，吵着吵着就自然而然和好了。虽然吵架的过程中，两个人也会很生气，但怒火来得快去得也快。而且吵完了还挺精神的。妈妈这里呢，就是车轱辘话来来回回地说，根本不给他反驳或分辩的机会，搞得他筋疲力尽。

妈妈端起做好的蛋奶酒，现在她又觉得埃尔维斯根本不配品尝这么好的美味。

“喏，埃尔维斯！给你！”

埃尔维斯已经没了胃口，不想再喝蛋奶酒了。唉，他也不想这样的。

“我恐怕喝不下……蛋奶酒有点多……”

妈妈看出埃尔维斯的纠结和难过。她想，肯定是和爷爷吵架的缘故。爷爷大概是凶他了，可埃尔维斯又不想承认。可怜的小家伙……妈妈内心充满了同情。她的小埃尔维斯……别对他太苛责了！想到这里，妈妈又一次端起蛋奶酒。

“瞧我今天做得多好！你真的不想尝一点儿吗？”

埃尔维斯觉得妈妈突然温柔了起来。虽然不知道原因，但埃尔维斯觉得轻松了不少。妈妈微笑着看着他，他也冲妈妈微笑了一下。

“我们可以一起喝！”埃尔维斯说。

“真的吗？我们两个一人一半？”

妈妈激动地从橱柜里拿出一只杯子，然后倒了一半进去。他们两个坐在餐桌边，妈妈紧紧地贴着埃尔维斯一小口一小口品尝着蛋奶酒，情不自禁地哼起了小调。妈妈的脸上洋溢着幸福的笑容，看着比平时更漂亮了。真好啊！埃尔维斯心想，和妈妈一起分享，蛋奶酒也变得更香甜了呢！

3 神秘来信

妈妈和爸爸坐在客厅里看电视。时间很晚了，埃尔维斯已经休息了。他躺在厨房的沙发上，就快要睡着了。

嘭！百叶窗发出一声巨响！

埃尔维斯被吓了一跳，彻底清醒了过来，一颗心怦怦直跳。他从沙发上坐了起来。这种情况之前也发生过，百叶窗的弹簧绷得太紧，自动弹开了。虽然不是什么大问题，可埃尔维斯还是惊魂未定，半天才缓过神来。

天色已经完全暗下来，只有月光皎洁而明亮，就好像夜空中的一盏明灯。埃尔维斯爬起来，走到窗前。星星开始一颗一颗地亮起来，伴着一轮满月，尽情地将光芒洒在院子里。

突然，埃尔维斯的目光凝固了。窗子下面是不是站着一个人？好像还在动，又好像是完全静止的，总之有一个陌生的黑色身影。

埃尔维斯感到一阵燥热，喉咙干得难受，他赶紧拧开水龙头，接了一杯水咕嘟咕嘟灌了下去。然后，他又蹑手蹑脚地回到窗前，仔细打量起那个黑色的身影。这回他看见了！对方仰起头，一张脸就仿佛黑暗中的一团光斑，正在朝他的方向张望着。会是谁呢？

埃尔维斯本能地抓住窗帘杆，一颗心怦怦直跳。那个黑影仿佛在冲他招手！还打着手势，示意他开窗！

埃尔维斯倒没有感到特别害怕，不过心跳得越来越厉害，完全不知道自己该怎么办。他死死盯着院子里那团光斑，他确定那就是对方的脸。可脸的主人是谁呢？他拼命想要看清楚，可光斑始终模模糊糊的。埃尔维斯不由紧张起来。

对方深更半夜闯进院子来，肯定有什么目的吧？会是谁呢？

埃尔维斯第一个想到的就是芒努斯 · 林德。就是他失去联系的那个芒努斯。他们在去年冬天见了最后一面，当时芒努斯说，埃尔维斯太善良了，不应该和他这种人混在一起。他说自己是“一个糟糕透顶的坏人”，然后告诉埃尔维斯，以后都不会再和埃尔维斯见面了。打那以后，他就消失了。

每次想起芒努斯 · 林德的时候，埃尔维斯的心里都会隐隐作痛。

出现在院子里的黑色身影要是他该多好！

芒努斯也许不敢露面，因为他觉得自己是个糟糕透顶的坏人。可埃尔维斯根本不在乎。他们难道不是朋友吗？朋友是不应该从彼此的生活里消失的吧？

芒努斯的面孔真真切切地浮现在埃尔维斯眼前，包括他灿烂的笑容，还有那双明亮的蓝眼睛。

埃尔维斯久久凝视着那团光斑，他突然有种感觉，那团光斑就是芒努斯的脸！

埃尔维斯猛地打开窗，冲着院子里喊道：“芒努斯！”

院子里的黑影愣了一下，然后拔腿就跑，一转眼就消失在大街上。埃尔维斯仍旧没有看清对方的模样。

不过那显然不是芒努斯。

埃尔维斯关了窗，拉下百叶窗。他钻进被窝，可怎么都睡不着。埃尔维斯在沙发上辗转反侧，脑海里全都是芒努斯的影子。他是多么想念芒努斯啊！他曾无数次地设想过：芒努斯又回来了！芒努斯又一次出现在他的面前，脸上洋溢着灿烂的笑容，一双蓝眼睛亮晶晶的。但他也越来越清楚地认识到，在现实生活中，他或许再也不会见到芒努斯·林德了。

和芒努斯在一起的那段日子里，有一些事情是埃尔维斯怎么都想不明白的。比如黑色塑料袋！芒努斯让他带在身上，亲手交给黄色小汽车里的两个大男孩。里面究竟装着什么呢？对于埃尔维斯来说，这也许永远是一个谜。他甚至没想过问一问，或是往袋子里看一眼。他当时想都没想，就按照芒努斯的吩咐完成了任务。

是啊——他连想都没想！现在他总算明白爷爷的意思了。爷爷说过，每个人都应该“忠于自己的内心”，而当两个人有不同意见的时候，“吵一吵反而是件好事”。埃尔维斯从没和芒努斯吵过架，他总是乖乖地服从芒努斯的命令。他还从没像这样听过一个人的话，甚至连对爷爷都做不到，更别说对妈妈了。

妈妈……唉，妈妈还在眼巴巴地盼着埃尔维斯能收到信呢，芒努斯和西格从美国寄来的信。

芒努斯有时会管自己叫西格。至于为什么，埃尔维斯也不知道。妈妈还以为芒努斯和西格是两个不同的人，一对双胞胎。埃尔维斯也没提出反驳。既然妈妈这么想，就让她这么想好了。对于妈妈的猜测，埃尔维斯一向都是默认的态度，省得妈妈抛出一大堆问题，唠叨个没完没了。

这么做也算是自欺欺人的一种吧。埃尔维斯因此陷入越来越多的谎言之中，比如关于美国的事。

妈妈经常打听芒努斯和西格的近况，而且越问越详细，最后埃尔维斯实在编不下去了。妈妈对那对双胞胎兄弟很是欣赏，这么“有派头”的两个男孩子，居然愿意和她的埃尔维斯做朋友，让她受宠若惊。

由于埃尔维斯的回答总是吞吞吐吐，妈妈因此猜测，“那两个好人家的男孩”不想再带埃尔维斯玩了，因为埃尔维斯不够资格做他们的朋友。妈妈说，她很清楚埃尔维斯什么“德行”，所以出现这种结果也并不令人意外。妈妈为此没少唠叨，后来埃尔维斯终于听不下去了。为了堵住妈妈的嘴，他只好撒谎说芒努斯和西格搬回了美国。因为他之前说过，他们两个是从美国搬来的，所以现在这么说倒也合情合理。妈妈信了他的话，每天都要查看信箱，还总好奇他们两个为什么都不来封信。所以严格意义上说，这件事还没完。

埃尔维斯躺在一片黑暗之中，深深叹了口气。

太可惜了，月光下的人不是芒努斯！

有那么短暂的一瞬间，埃尔维斯敢肯定，那个黑影不会是别人，只可能是芒努斯！月光映照出的那团光斑就是芒努斯的脸！

还有百叶窗的事，也是芒努斯搞的鬼。他只消用自己那双神奇的眼睛看一看，百叶窗的弹簧就会发出嘭的一声巨响弹开来！

芒努斯天生就会魔法，所以他才会消失得无影无踪。

不过这一切都是埃尔维斯天马行空的想象。

出现在院子里的人肯定不是芒努斯·林德。至于到底是谁，埃尔维斯也不感兴趣，反正是某个他不认识的陌生人。

埃尔维斯翻了个身，睡着了。

第二天，妈妈兴冲冲地找到埃尔维斯，手里拿着两封信。邮递员过来投递的时候，妈妈总是第一个赶到信箱前，虽然那里很少会有她的信，顶多也就是逢年过节时别人寄来的一两张卡片。一般情况下，都是广告和宣传单从插槽里咚的一声塞进来。可每次听到声响，妈妈都会盼望着出现奇迹。

“今天有你的两封信，埃尔维斯！”

妈妈两只手各拿一封信，冲埃尔维斯招了招。其中一封是红色的，另一封是棕色的，都不是从美国寄来的。

“可能是托尔斯滕写给我的。”埃尔维斯说，“能把信给我吗？”

可妈妈怎么都不肯松手。她很好奇。对于托尔斯滕的信，她通常是不放在心上的，只觉得很幼稚。安娜罗萨从来不写信。她要严防死守的是爷爷的信。她得确保，爷爷没有给埃尔维斯灌输任何“不健康的”思想。

“我觉得这不是托尔斯滕写来的。”妈妈一副若有所思的样子。

“把信给我！”埃尔维斯有些着急。万一，他是说万一，信是芒努斯寄来的呢。那可千万不能被妈妈看见了，妈妈还以为芒努斯在美国呢。

埃尔维斯想要把信从妈妈手里抢过来。

"等一下，埃尔维斯！这上面的邮票有点蹊跷！好像是用过的！瞧，上面还有邮戳的印子呢！"

"快给我！"埃尔维斯慌了神儿。要真有蹊跷的话，信肯定是芒努斯寄来的。他最喜欢搞这些奇奇怪怪的东西了。

妈妈拿出一把裁纸刀，哗啦拆开了信。

"我能自己一个人读吗？信是写给我的！"

埃尔维斯用近乎哀求的语气说道。妈妈看了他一眼，然后把信递给了他。他的声音透着一种……怎么说呢，她也形容不出来，可总觉得不忍心。

"我要知道信是谁寄来的，埃尔维斯！无论是什么事，你都不许瞒着妈妈，你还太小，还不能有秘密，知道吗？"

"知道了知道了……"

埃尔维斯拆开其中的一封。这是什么？他的脸唰的一下涨得通红，都快和信封的颜色差不多了。

一颗又大又丑的心占据了整张信纸。心的正中歪歪扭扭地写着埃尔维斯·卡尔松的名字，名字旁边画着一个女孩的脑袋，她顶着一头乱糟糟的头发，生气地噘起嘴巴，乍一看也像一颗小小的红心。她的嘴边画着一个心形的对话框，里面写着："我爱你，亲亲！"

埃尔维斯觉得很难为情。他无论如何都不希望妈妈看到这封信。他能感到妈妈的眼神里充满了急切和好奇，可表面上又要做出若无其事的样子。

至于另一封！棕色信封和信纸上的文字都是用打字机打出来的，显得规规整整，一丝不苟。不过，如果说上一封信让埃尔维斯脸红心跳的话，这一封信则让他面如土色。这根本不是什么情书，正相反，上面写着：

> 埃尔维斯·卡尔松，
>
> 你现在有了一个敌人！
>
> 想知道他是谁吗？
>
> 今晚七点到铁路桥来！
>
> 就你一个人！
>
> 真相即将揭晓！

信纸最下面画了一只阴森森的黑色骷髅头，以及两根相互交叉的骨头。

一个敌人？埃尔维斯彻底蒙了。他死死盯着骷髅头，在心中一遍又一遍地默念"敌人"这个词。难以想象……这封信出自一个“敌人”之手。所以这是一封充满危险和挑衅的信！埃尔维斯从头到尾又读了一遍。

惊恐之下，埃尔维斯已经完全忘记了妈妈的存在。妈妈默不作声地站在一旁等着，从埃尔维斯的表情中，她察觉出事情有些不对劲。她的埃尔维斯这是怎么了？

“我的小埃尔维斯……出什么事了？能给妈妈看看吗？”

埃尔维斯抬起头，懵懵懂懂地将手上的信交了出来。妈妈读完信，倒吸了一口凉气，接着要求看一看另一封。埃尔维斯顺手递了过去，立刻反应过来，脸一红想要拿回来，但已经晚了。妈妈看了信上的内容，她笑了起来，说这封信没多大关系，就是小孩子说着玩嘛。不过那封画着骷髅头的信比较麻烦。

妈妈向埃尔维斯解释说，那是一封匿名信。匿名信的意思是，没有署名的信。写匿名信的人一般都是动了坏脑筋的，所以才不愿意暴露真实身份。妈妈很担心，谁会想要欺负她的小埃尔维斯呢？

她突然脸色一沉，怀疑起埃尔维斯来。

“这到底是怎么回事，埃尔维斯？你究竟做了什么？我怎么就从没收到过这种乱七八糟的信？这其中肯定有什么原因吧！”

妈妈神神叨叨地自言自语，在房间里走来走去。难怪妈妈抱怨自己成天替埃尔维斯操碎了心。这回埃尔维斯应该能明白吧。

没办法，对待埃尔维斯这样的孩子，大人们必须特别关照才行，因为他尤其地不听话，到处闯祸。妈妈想起自己在儿童心理学书中读到的内容。对，就是不能给埃尔维斯造成一种错误印象，让他以为自己可以为所欲为。也许他会觉得在妈妈身边拘束和压抑，可是别人能真的为他好吗？不可能的！只要妈妈一直盯着他，他就不至于惹出太大的乱子，而且妈妈是不会允许她的小埃尔维斯受到一丁点儿伤害的。埃尔维斯应该感激妈妈才对。

妈妈深深叹了口气，一脸疼爱地看着埃尔维斯。埃尔维斯彻底糊涂了，妈妈刚才不是还冲他发火来着吗？她现在又开始同情他了？还是……？

妈妈刚才唠唠叨叨了一大堆，所以就是吓唬吓唬他？再说了，妈妈那些话和他收到的信有什么关系？现在，妈妈走到他的面前，抓住他的肩膀拼命摇晃着。

“这一切究竟是怎么回事，妈妈一定会想办法弄清楚的，埃尔维斯！你要相信我！”

埃尔维斯不知道这句话究竟是威胁还是承诺。

爸爸回家后，妈妈把事情原原本本地告诉了他。不过爸爸没把这些信当一回事，只觉得很好笑。

“肯定是哪个小孩子和埃尔维斯玩的恶作剧。随它去吧！你要是当真的话，完全属于自己吓自己！”

埃尔维斯完全站在爸爸这边。可妈妈觉得，爸爸这么说完全是不负责任的表现。埃尔维斯遇上大麻烦了，他看不出来吗？

埃尔维斯想要自己去铁路桥。妈妈希望爸爸能劝一劝埃尔维斯，要去的话，她和爸爸也要跟着一起去。不过爸爸拒绝了妈妈的提议。

“退一万步说，如果写信的人真的等在那里，看见我们两个去了，他也不会出现的！”

埃尔维斯点头表示同意。信上面写得清清楚楚，他的“敌人”想要单独见他。

可妈妈不肯让步。

“那就让埃尔维斯自己先过去，把那个人引出来，我们随后就到，抓个正着！”

可埃尔维斯不想费心思设什么陷阱，就算面对自己的敌人也不想。

“那我就不去了！”他丢下一句。

“我也不去！”爸爸说，“你自己去抓坏蛋好了！”

爸爸冲埃尔维斯眨眨眼，两个人吃吃地笑起来。妈妈讨了个没趣，气鼓鼓地走到门厅，给希万阿姨打了个电话。这回她总算有了支持者。希万阿姨的想法和她一样，这件事必须严肃对待，匿名信可不是开玩笑的。希万阿姨答应和妈妈一起去看看。她们假装成散步的样子，妈妈会戴上一副墨镜和一顶大帽子，这样别人就认不出来了。希万阿姨会帮妈妈乔装打扮。

“你们等着瞧吧！”妈妈用胜利的口吻对爸爸和埃尔维斯说道，“这绝对不是我多心，希万也这么想，而且她还热心地帮我想出了解决办法。而你呢，埃尔维斯，你就会站在那儿傻笑，你就不觉得丢人吗？你一点儿都不知道感恩！还有你！”

妈妈生气地瞪着爸爸。她说，真没想到爸爸这么大一个人了，还会跟着瞎起哄，完全失去了理智。可埃尔维斯和爸爸只顾着笑个不停，直到希万阿姨过来后，他们两个才稍稍收敛了些。

希万阿姨带来了一副特别大的墨镜。她说妈妈的墨镜太小了，达不到乔装的效果。她帮着妈妈将头发都塞进帽子里面。

“你现在这样，谁都认不出来了！”希万阿姨满意地说，然后和妈妈一起出了门。

她们提前很早就往铁路桥那里走去。

妈妈和希万阿姨的背影刚一消失，爸爸立刻说：“跟我来，埃尔维斯！我们也去铁路桥，看看这两个大侦探收获如何！”

埃尔维斯当然不会反对。他们开着车，远远地跟在妈妈和希万阿姨身后。这是一个美好的夏日傍晚，大街上，公园里，到处都是出来散步或乘凉的人们。每个人都是一副优哉游哉的模样，只有妈妈和希万阿姨神色紧张，脚步匆忙。

爸爸和埃尔维斯始终与她们保持着一定距离，以免被发现。爸爸开得很慢很慢，手里握着方向盘，嘴里还开着玩笑。

“埃尔维斯，我看你的‘敌人’也真够可怜的，”爸爸笑着说，“这两个女士可不好对付！”

铁路桥一带通常都比较冷清，今天也没什么人，只有妈妈和希万阿姨的身影，老远就能听见她们的脚步声。妈妈警觉地向四周张望，爸爸和埃尔维斯躲在汽车里看着这一幕不由暗暗好笑。爸爸将汽车停在一个小树林里，然后他们下了车，躲在一丛灌木的后面，从这里望出去，铁路桥和周围的景色一览无遗。

目前为止，还没有出现任何可疑的人物。通往铁路桥的是一条木楼梯，妈妈和希万阿姨顺着楼梯往上走，装作欣赏风景的样子。她们走走停停，然后伸出手向远处指指戳戳。

“她们真能演戏！”爸爸小声对埃尔维斯说道。埃尔维斯一直憋笑，脸都快抽筋了。

希万阿姨努力装出一副好奇而惊叹的模样，看上去仿佛就是个外地的游客。爸爸夸张地模仿着她的表情和动作，埃尔维斯终于忍不住笑出声来。

现在，她们又顺着楼梯走了下去。什么事都没发生。妈妈和希万阿姨在桥下兜兜转转了好几圈，明显还不死心。

这时，两个女孩蹬着自行车冲铁路桥骑来。妈妈和希万阿姨赶紧躲到一旁，生怕被发现。爸爸说，妈妈心里肯定很高兴，这趟总算没白来！不过看样子，那两个女孩和匿名信一点儿关系都没有。

两个女孩在桥边停了下来，跳下自行车，站着聊了好一会儿。其中一个个子稍微矮一些，另一个则比较高。

“你认识她们吗？”爸爸问。

埃尔维斯摇了摇头，他一点儿概念都没有。两个女孩挥手道了别，高个子那个跳上车，继续往前骑去，矮个子那个推着自行车，顺着木楼梯往铁路桥上走。她明显很吃力，突然，她脚下绊了一下，自行车也脱了手，从楼梯上滚了下去。女孩大叫一声，然后哭了起来。

妈妈和希万阿姨赶紧冲上前去。希万阿姨扶起自行车，妈妈蹲下来安慰着那个女孩。她的腿被划破了，出了好多血，妈妈掏出手帕帮她包扎伤口，然后架着她过了桥。女孩将胳膊搭在妈妈的肩膀上，一瘸一拐地走着，妈妈一直在和她说着什么。

希万阿姨将自行车推过了桥，然后仔细检查了女孩的伤口。看样子，她是没法再骑车了。她们三个商量了一会儿，然后一起离开了。妈妈负责架着女孩慢慢往前走，希万阿姨负责推车。一直到她们的背影消失在街角处，写匿名信的人也没出现。

“现在她们走了，你可以抓紧去桥上看看，埃尔维斯。说不定你的‘敌人’马上就出现了呢？我就在这儿等着。”

爸爸重新坐回车里，一旦埃尔维斯遇到危险，他会第一时间挺身而出。不过爸爸觉得这种可能性不大。埃尔维斯一个人往铁路桥走去。爸爸的汽车停的位置很隐蔽，谁都发现不了，所以看起来，埃尔维斯就像独自赴约一样。埃尔维斯没有片刻停留，直接走到桥中央，站了好一会儿。然后他又顺着木楼梯走了下来，在桥下站了好一会儿。可是四周连个人影都没看见，再这么等下去也是徒劳。埃尔维斯跑回爸爸身边，坐着车回了家。

过了半小时左右，妈妈回来了。她已经摘了帽子，恢复了平时的发型。希万阿姨也已经回了自己家，顺便把借妈妈的墨镜也拿走了。因为没抓到埃尔维斯的“敌人”，妈妈还是颇为遗憾的，不过总的来说，她这趟没白跑。

妈妈主动说起那个小女孩的事。

按照妈妈的说法，那是一个“讨喜又可爱的小姑娘”。她摔得不轻，整条腿上都是自行车踏板的刮痕。妈妈一直将她送到家门口。希万阿姨帮她把自行车推了回去。不过那个小女孩明显更喜欢妈妈。

爸爸和埃尔维斯偷偷瞄了彼此一眼，假装什么都不知道，饶有兴趣地听妈妈讲故事。

妈妈给那个小女孩买了一支大大的冰激凌，小女孩很感激，几乎可以说是“感激涕零”，妈妈一边强调一边看了埃尔维斯一眼。

“我还问她认不认识你，埃尔维斯。她说不认识。你们两个是同一所学校的。她知道你是谁，可从没和你打过交道。”

听妈妈的口气，好像这是埃尔维斯的错一样。既然对方知道他是谁，他应该也知道对方是谁才对，可埃尔维斯的大脑一片空白。

“她叫丽莎·荣。我告诉她，你之所以叫埃尔维斯，是从猫王埃尔维斯·普雷斯利的名字中获得的灵感。她说，她妈妈是根据丽莎·明尼里的名字给她起的名字。她也有一双又大又明亮的眼睛。哎，她真是个小可爱……”

妈妈露出梦幻般的神情，她一直都盼望着能有个女孩。

妈妈似乎已经完全忘记了她去铁路桥的目的是诱捕埃尔维斯的“敌人”。这样也好，就让妈妈沉浸在自己的白日梦里好了，埃尔维斯和爸爸也能偷着乐。

不过家里的气氛终究还是有点怪怪的。无论如何，埃尔维斯都觉得有点儿对不起妈妈……

4 漂亮的大眼睛

这是他们在乡下住的最后一天。

埃尔维斯站在一丛大黄叶旁边，准备和小蛤蟆告别。爸爸的假期结束了，他们已经在小木屋里住了好几个星期，今天晚上就要回城里了。

埃尔维斯轻轻叹了口气，小心翼翼地掀起大黄叶。

果然，它还是蹲在自己的小泥坑里。年复一年，只要是白天有阳光的时候，小蛤蟆就躲在大黄叶下面乘凉。到了晚上，太阳下山之后，它就钻出来东张西望。

小蛤蟆见到谁都害羞，唯独不怕埃尔维斯，它已经习惯了埃尔维斯的陪伴和问候。每次埃尔维斯过来掀起大黄叶的时候，小蛤蟆总会一动不动地蹲在老地方。埃尔维斯看着它，它也看着埃尔维斯，眼睛一眨都不眨，就这么默默地专注地和他对视着，一点儿声音都没有。小蛤蟆不会说话，但有一双漂亮的大眼睛。

埃尔维斯知道这是怎么一回事。

很久很久以前，蛤蟆有一副好嗓子。它唱出的歌比所有鸟儿都动听，可惜它的眼睛不好看。蛤蟆的眼睛眯成一条缝，几乎看不见。蛤蟆的身体又笨拙，眼睛又小，看着丑丑的，单就外表来说，它的确没什么可取之处。

不过，蛤蟆的歌喉也确实无与伦比。

鸟儿们都嫉妒蛤蟆的好嗓子。一只蛤蟆居然比鸟儿唱歌都好听！鸟儿们都觉得这太不公平了，也不合适嘛。其中最嫉妒的要数夜莺，那时，夜莺的嗓音特别难听，它因此在别的鸟儿面前很抬不起头来。

诚然，夜莺有一双大眼睛——夜莺的眼睛比其他鸟儿都漂亮——不过，这也是它唯一值得骄傲的资本。再说了，不会唱歌，眼睛再大又有什么用呢？

夜莺对自己的破嗓子一直耿耿于怀。

一天，蛤蟆和夜莺意外相遇了。蛤蟆愁容满面地走着，当意识到自己的容貌有多么丑陋后，它就再也无法为自己的好嗓子感到喜悦了。没错，谁都会被它婉转悠扬的歌喉所吸引，可那又怎样呢？它只要一露面，大家都会纷纷逃跑，因为蛤蟆的模样实在是太可怕了。

好嗓子反而成了它的负担。

夜莺也有同样的困扰。眼睛漂亮有什么用？谁又会知道呢？一只灰不溜丢的小鸟，连一首好听的歌都唱不出来，只能默默无闻地待在角落里，谁会多看它一眼呢。

蛤蟆和夜莺向彼此倾述了烦恼，惺惺相惜的两个小可怜互相安慰着，决定要做点儿什么改变自己的困境。

它们都觉得，一只鸟儿应该要有动人的歌喉，而蛤蟆则不需要。

与此同时，蛤蟆也需要美，一双漂亮的眼睛正合适。

于是，蛤蟆和夜莺进行了交换。

夜莺得到了蛤蟆的嗓子。

蛤蟆得到了夜莺的眼睛。

从那以后，夜莺的歌声比任何鸟儿都动听。

蛤蟆拥有了一双无与伦比的漂亮眼睛。

这个故事是奶奶讲给埃尔维斯听的。

埃尔维斯凑近了些，出神地凝视着蛤蟆的眼睛，他看了好久好久。蛤蟆的眼睛里透着一丝淡淡的忧伤，或许是由于它失去了自己的好嗓子，从此再不能歌唱。

当夜莺啼鸣的时候，如果仔细聆听，会发现其中也有哀婉的色彩。它难过的并不是夏天的短暂，而是自己交换出去的那双漂亮眼睛。

埃尔维斯叹了口气……

再说，夏天根本不像大人们说的那样转瞬即逝。

夏天格外漫长。

埃尔维斯宁愿留在乡下，可是不行。爸爸得回去上班，而妈妈找不到朋友聊天，几乎都快精神崩溃了。她说，自己总不能一个人守着小木屋。

一个人守着小木屋？埃尔维斯不是在嘛。不过妈妈显然没把埃尔维斯算进去。只有她乐意的时候，才会把埃尔维斯当个人看待；她不乐意的话，埃尔维斯就像是不存在一样。

乡下也没有电话。

况且电视上说，很快就要下雨了。夏天结束了。

讨厌的天气预报！天气预报总是和孩子作对。安娜罗萨也这么认为。她的外婆和埃尔维斯的妈妈差不多，非要先查看过天气情况，然后再决定未来几天的计划和安排。收音机里播的，电视机里放的，全都是天气预报！而且总是那么让人扫兴。埃尔维斯刚想要做点儿什么，天气预报就说天气不好，要么下雨，要么刮风，要么打雷。妈妈既讨厌刮风，又害怕打雷。

而且，天气预报里说的，可能全都是错的！这才是最倒霉的。全家人傻傻地坐在家里，白白错过一大堆好玩的事。

爷爷从不听天气预报。对于他来说，所有天气都很好——就看你要做什么了。天气嘛，爱怎么样就怎么样，反正爷爷是不会因为一点点毛毛雨就耽误出门散步的。绝不！

“再见了，小蛤蟆。等我们……唉，我也不知道什么时候能再见面。”埃尔维斯小声说道，“反正不管怎么说，你的眼睛比那个叫丽莎的漂亮多了。再见！”

埃尔维斯松开手，大黄叶垂了下去，微微摇晃了几下。埃尔维斯站在原地，直到大黄叶停止了摇摆才转身离开。

妈妈以为埃尔维斯吃醋了，吃那个丽莎的醋。妈妈一直惦记着“那个小可爱”丽莎。她说，自己从没见过那么大那么漂亮的眼睛。不过埃尔维斯说，蛤蟆的眼睛更大更漂亮。嗐，到底是小孩子，妈妈在心底嘀咕道。

“我的小宝贝，妈妈的小埃尔维斯！你真是孩子气！你肯定吃醋了，对吧？哎哟，你吃醋的模样都这么讨人喜欢！”

埃尔维斯才没有吃醋呢，可他实在不喜欢妈妈成天唠叨“那个小可爱”，以及丽莎那双“漂亮的眼睛”。特别是他知道，妈妈一直都想要一个女孩。

晚上他们回家的时候，太阳还没落山。鸟儿叽叽喳喳地叫个不停。想到就要离开这么美丽的乡下，埃尔维斯心里一阵难过。不知道为什么，今年他特别希望留下来，长长久久地留在乡下。可他不敢表现出来，他说什么都没用。

等等！明天一大早，他可以坐车去爷爷家嘛！

对！就这么办！夏天还没结束，他可以去爷爷家！

只要他能设法让妈妈同意就行。

他们刚一进家门，电话铃就响了。爸爸接的电话，是爷爷打来的，他想要埃尔维斯听电话。

自从埃尔维斯去乡下以后，他们两个就没说过话，感觉上像是过了一个世纪之久。埃尔维斯和爷爷有好多话要聊，说不定爷爷和埃尔维斯想到一起去了，正准备邀请他过去呢。埃尔维斯拿起听筒。

不过，他很快就听了出来，爷爷之所以打这通电话过来，是有事要告诉他，而且还是和自己没什么关系的事。爷爷突然说了一句："这里有人想要和你说话，埃尔维斯。稍等一下。"

电话那头是托尔斯滕！虽然已经时隔好久，埃尔维斯还是立刻就认出了他的声音。

"喂，是我！"托尔斯滕说。

"喂……？"埃尔维斯的声音变得怪怪的。

他的脑海里闪过各种念头：这是怎么回事？现在不是晚上了吗？托尔斯滕怎么会在这个时间出现在爷爷家？

托尔斯滕在电话那头叽叽咕咕讲个不停，埃尔维斯努力让自己集中精力。托尔斯滕提到了埃尔维斯写给他的信。

“你得说清楚你到底指的是什么，是地球的中心还是世界的中心？这两者有很大区别。”

“是吗？”埃尔维斯还是头一回听说。

“当然了。地球指的是我们生活的这个小小的球体，而世界呢，则是整个宇宙，太空啦，星星啦，所有这些都包括在里面。”

“是吗？”

埃尔维斯只能挤出这一句。对于托尔斯滕的侃侃而谈，他怎么都提不起兴趣来。他满脑子想的都是：这么晚了，托尔斯滕在爷爷家做什么？现在都快九点了。

“你指的是哪一个？”托尔斯滕追问道。

“我不知道……我没想那么多。”

“如果你问的是地球的中心，那我得知道具体指的是立体还是平面。立体的话就简单了，地心是不存在任何生物的。”

“这样啊……”

“如果是平面的话，就是另外一回事了。情况要复杂一些，我得搞清楚你从哪里算起……”

“嗯……？”

“所以你究竟指的是什么？我要问清楚了才能给出答案。”

埃尔维斯陷入了沉思，最后还是托尔斯滕打破了沉默。

“你是不是觉得一时很难做出决定？”托尔斯滕用理解的口吻说。

“是啊，的确很难。”埃尔维斯暗暗松了口气，接着又沉默下来。

“我本来应该给你回信的，”托尔斯滕说，“可信里又写不清楚，还是电话里聊比较方便。你可以好好想一想，我再给你电话。再见！”

然后爷爷接过了电话，他笑着说现在埃尔维斯可要伤脑筋了。

埃尔维斯觉得很难开口。感觉上，爷爷和从前不一样了，言语间遮遮掩掩的，肯定是因为托尔斯滕在场。不过话说回来，托尔斯滕在那里做什么，这才是最大的问题。至于地球啦宇宙啦这些问题，相形之下则显得那么微不足道。

埃尔维斯什么都没问，爷爷也什么都没说。

在这种情形下，埃尔维斯自然说不出自己明天要去乡下的事。他还等着爷爷主动提出来呢。可爷爷一直都在聊些无关痛痒的小事，根本没有邀请他的意思。这太不像爷爷的做派了。一般来说，只要埃尔维斯的情绪稍微有点儿反常，爷爷总能在第一时间听出来……可这次没有。

电话那头完全是一个陌生的爷爷，都怪托尔斯滕。很显然，爷爷现在更在意托尔斯滕的感受，或许已经厌倦了埃尔维斯。

埃尔维斯知道，这些想法实在有欠公平，可他还是忍不住这么想。他恨不得现在就和爷爷大吵一架，吵个昏天黑地。可是不行——妈妈的耳朵还竖着呢，至于爷爷那边，也要顾及到托尔斯滕的感受。

埃尔维斯几乎一句话都没说，他和爷爷的对话里完全没有实质性的内容，这在以前从没发生过。

他们互道了晚安。就在埃尔维斯准备放下听筒的一瞬间，他听见爷爷在电话那头喊道："有机会来乡下找我玩，埃尔维斯！我们好久都没见面了！"

有机会？爷爷从来不这么说，他一向说的都是："快给我过来，埃尔维斯！搭明早的头班车过来！我们都想你啦！"然后埃尔维斯就会兴奋地跳起来。

以前，阻止埃尔维斯去乡下爷爷家的唯一障碍就是妈妈。

而现在，爷爷倒成了最大的问题。他邀请埃尔维斯的态度似乎并不诚恳，有些半推半就的意味。埃尔维斯哑然了，他不知道自己该如何回答，只好默默挂掉电话。

埃尔维斯在电话机旁站了好久，一脸难过的神情。妈妈站在厨房门边，用好奇的眼神打量着他，什么都没问，只是默默注视着。妈妈肯定听见了他和爷爷的对话，最重要的是，埃尔维斯并不打算去乡下爷爷家玩。

埃尔维斯神情恍惚地走开了，妈妈也走进了厨房。

5 属于我们的一天

“人生真的太短太短了。”这是安娜罗萨的太婆婆经常挂在嘴边的一句话。

太婆婆说这话是认真的，尽管她本人已经活了快九十五岁了。埃尔维斯只活了快八岁，他觉得人生无比漫长。

不过，就算太婆婆活到一百岁，她还是会感叹人生短暂吧，然后念叨着自己很快就要死了。“很快”到底是多快呢？要等到几十年之后，还是就在明天？

时间是一个难以理解的神秘概念。它既存在，又不存在，就是这样。埃尔维斯经常思考时间。对于有些事情，他必须很认真很认真地琢磨，才能想明白为什么以前大家都想不明白。

埃尔维斯很乐意和太婆婆探讨这些事情，所以就算安娜罗萨不在家的时候，他也会去看望太婆婆。

太婆婆成天一个人待在她自己的小房间里，就坐在靠窗的一张小圆桌旁。她的一双手要么在忙着编织或钩花，要么一动不动地放在膝盖上。

太婆婆周围的一切都属于过去，她自己也是。虽然她一直嚷嚷说自己就快死了，可她整个人总是充满着活力。

今天，埃尔维斯又去了太婆婆那里。他知道太婆婆肯定会很高兴。埃尔维斯特意从乡下摘了一大捧风铃草送给她。他按了按门铃，然后耐心等着。一般来说，太婆婆都要过好一阵子才会给他开门。不过这一次，伴随一阵轻快的脚步声，门很快开了。

出现在门口的是安娜罗萨！

他们两个都很意外，也很高兴。

“你怎么知道我在家？”

“第六感！”

安娜罗萨笑了起来。埃尔维斯和她说过关于妈妈和第六感的事。安娜罗萨刚到家没一会儿，妈妈交往的“新爸爸”厌倦了厄兰岛的生活，急着想要去斯科纳。他们明天就动身，安娜罗萨也只好跟着。不过今天她没事，妈妈和新爸爸去参加派对了。

太婆婆满脸堆笑地走了出来。

这段时间以来，她的情绪有些低落，身边都没发生新鲜事，生活显得有些乏味。

“唉，人一旦上了年纪，脑子又糊涂，就只能认命。”她沮丧地说道。

“你一点儿也不糊涂！”埃尔维斯不喜欢别人把自己说得很不堪。

他抱着风铃草站在门口，犹豫了片刻，然后将这一大捧平均分成两束，其中一束送给太婆婆，另一束送给安娜罗萨。

他们已经好久没有聚在一起过了，三个人你看看我，我看看你，不约而同地笑了起来。门厅的墙上挂着一面大镜子，安娜罗萨将他俩拖到镜子前，兴致勃勃地往里面看去。镶金的镜框里出现了三个人：埃尔维斯站在中间，安娜罗萨和太婆婆站在两旁，手里各拿着一束风铃草。太婆婆的脸上写满了欣慰和满足。

“时间过得真快啊。”她说，“好在我们都没怎么变，还是和从前差不多。”说完，她将埃尔维斯和安娜罗萨请进自己的房间。

“我得靠一靠，打个盹儿。”

太婆婆上了床，床头堆满了枕头，所以她与其说是躺着，不如说是坐着。安娜罗萨去厨房拿了冰棒回来，然后和埃尔维斯一起坐在床脚，三个人不紧不慢地舔着冰棒。安娜罗萨和

埃尔维斯说着悄悄话，太婆婆渐渐睡着了，他们两个想说什么就说什么，不用担心被别人听见，这感觉真好。

安娜罗萨说起厄兰岛度假的事。她的新爸爸怕水，又一心想要把皮肤晒成健康的小麦色，他嫌厄兰岛的阳光太少，所以想去光照更充沛的斯科纳。安娜罗萨说，最好斯科纳一直下雨，这样他们就可以早点儿回家了。

“不然的话，我就逃！”

安娜罗萨严肃地看着埃尔维斯，问他这个夏天有没有见过她爸爸。她指的是埃纳尔·布罗瓦尔，那个她心目中的理想爸爸。

埃尔维斯当然见过埃纳尔，还不止一次。他还在铁路旁的火车站上班。

“他问起过我吗？”

“那当然。我们现在就去找他吗？”

太婆婆还在打着盹儿。她的脸颊泛着红晕，嘴角微微上扬。安娜罗萨温柔地看着她。安娜罗萨当然想要见布罗瓦尔，可太婆婆是那么希望他们留在这里，所以安娜罗萨也舍不得离开太婆婆。她们只有今天能聚一聚，要是她和埃尔维斯就这么走了，太婆婆一定会伤心的。

埃尔维斯很理解安娜罗萨的想法，他自己也不愿意离开太婆婆。再说，他过来本来就是为了看她的。

这时，太婆婆的表情突然焦躁起来，她缓缓睁开眼睛，但目光完全没有焦点。她还沉浸在睡梦之中，嘴唇嚅动着。

“我后悔啊，我后悔啊，我后悔啊……”她喃喃自语，脸上浮现出困惑的神情。

安娜罗萨凑到她身边。

“太婆婆，你后悔什么？”

太婆婆朝安娜罗萨的方向看过来，眼睛里闪着亮晶晶的光。她深深叹了口气，然后说她也不知道自己在后悔什么。说完，她又闭上了眼睛。

“她一个人实在是太孤单了，这对她的身体不好。”安娜罗萨小声说，“我看了也觉得难过。”

“要是我们能让她热闹热闹就好了。”埃尔维斯小声说。

太婆婆抬起头，又一次睁开眼睛，眼神依然迷离。

“我真想啊，我真想啊，我真想啊……”

安娜罗萨又凑了过去。

“你想干什么呢？”

可太婆婆也不知道她想要什么，她就是想想而已。她将目光投向远方，紧闭着嘴唇，一声不吭。

“我们得为她做点儿什么才行！”安娜罗萨坚定地小声说。

但是做什么呢？什么事情太婆婆既能参与，又会觉得热闹呢？这可真伤脑筋啊。他们左思右想，安娜罗萨说："她的身体，恐怕也做不了太多事……"

"无聊的事她肯定不乐意做，好玩的事就不一定啦！"埃尔维斯很有信心。安娜罗萨忧心忡忡地看着太婆婆。太婆婆睁着眼睛，又开始自言自语。

"我不敢哪，我不敢哪，我不敢哪……"

"太婆婆，怎么了？你不敢做什么？"

这时，太婆婆用目光紧紧盯住安娜罗萨，口齿清楚地说，她忘了自己不敢做什么，或许她从来就没知道过。然后她整个人突然清醒过来，朝他们笑了笑。

"我又说胡话了吧？"

"没有，你就是说了点儿梦话。"

"肯定是大脑缺氧……"太婆婆拍了拍枕头，"我最近脑供血严重不足。"她说。

说话间，埃尔维斯想到一个主意。

"我出去一会儿！很快就回来！"

"你去做什么？"安娜罗萨一直将他送到门口。但埃尔维斯现在还不能透露任何消息，他必须确保计划万无一失才行。安娜罗萨不像妈妈那样唠唠叨叨问个没完，她只是点了点头表示理解。

埃尔维斯用最快的速度跑到铁路旁的火车站。巧了，布罗瓦尔刚刚下班。再晚一分钟，埃尔维斯就要和他擦肩而过了。

“安娜罗萨回来了！”埃尔维斯直接进入正题，他告诉布罗瓦尔，安娜罗萨只有今天在城里，她很想和布罗瓦尔见一面，可又不忍心丢下太婆婆一个人。太婆婆的日子过得实在是太无聊了，她大脑缺氧，总说梦话。所以，他们得找点儿好玩的事，让她热闹热闹，可又不知道该做什么。

布罗瓦尔立刻听明白了。对于他来说，找点儿好玩的事热闹热闹并不困难。问题在于……

“安娜罗萨的妈妈不希望看到我吧？”他说。

“不要紧的。”埃尔维斯急忙解释道，“就我们几个，其他人都不在。”

“那就好！让我看看有什么能做的。这是属于我们的一天，埃尔维斯！属于我们的一天！”

布罗瓦尔一边笑一边兴奋得直搓手。他心里已经有了主意。不过那将是一个惊喜。埃尔维斯的任务就是提前去打探清楚太婆婆是不是愿意出门散散心。

“布罗瓦尔半小时后就到！保证谁都不会大脑缺氧！”布罗瓦尔发出一阵爽朗的笑声。

听得出来，布罗瓦尔的心情不错。他都管自己叫布罗瓦尔了。

“就这样！”他对埃尔维斯说，“我们分头准备吧！”

“好！”埃尔维斯跑回去告诉她们，一切准备就绪，布罗瓦尔即将给大家一个惊喜！

“他这又是想了什么鬼点子出来？”太婆婆的脸上闪着兴奋的光。她很喜欢布罗瓦尔，不过只敢偷偷地喜欢。她知道布罗瓦尔不受待见，可她不在乎。布罗瓦尔也因此对太婆婆特别有感情。

安娜罗萨找出妈妈的一件黑色旧风衣，可太婆婆不想穿。

“你必须穿！”安娜罗萨的态度很坚决，“出去兜风的话，你得穿得既保暖又实用才行。”

可太婆婆想打扮得漂亮点。

“穿黑色衣服显得怪丧气的。”她说。

太婆婆想要穿妈妈淡蓝色的新风衣，她觉得那件更漂亮。埃尔维斯也这么觉得。黑色看起来一点儿也不喜庆。安娜罗萨依照太婆婆的吩咐，找出淡蓝色的那件。风衣的尺寸大了两个码，不过穿在身上还挺潇洒的。

“你穿的时候得小心点儿，”安娜罗萨着急地说，“不然会被妈妈发现的。”

“放心吧。这是一次属于我们的秘密行动，不会有人知道的。”太婆婆压低了嗓门说道。

“我保证一个字都不说出去。”她的口气中有掩饰不住的激动。

不过，太婆婆怎么都不肯穿长裤，她觉得长裤搭配风衣显得死气沉沉的。

“这是最实用的穿法。”安娜罗萨好心劝她，可是失败了。

“长裤配风衣，看着人不人鬼不鬼的，难看死了。”太婆婆嘟囔道。

安娜罗萨叹了口气，然后翻出妈妈的长裙子。

“你爱穿什么就穿什么好了，这回总行了吧？”

嗯，这还差不多。这是妈妈最漂亮的一条长裙，太婆婆很满意。裙子上布满了花朵的图案，显得喜气洋洋。不过裙子也太大了，太婆婆刚从头上套进去，裙子一下子就滑落到了地上。

“我不管，我就是要穿它！”太婆婆像个孩子似的央求着埃尔维斯。

埃尔维斯知道，自己必须找出解决办法。他从盒子里翻出一些别针，安娜罗萨找出一根宽宽的皮带。他们左绕右绕，左卷右卷，最后总算是把裙子缩短到合适的长度。

太婆婆满意极了。布罗瓦尔到的时候，她正站在门厅里的镜子前，拎着裙摆转来转去。

“我漂亮吗？”她问。

“当然。”布罗瓦尔说，“漂亮极了。”

然后他们就出发了。布罗瓦尔将太婆婆床上的枕头全都抱在怀里。他说，这样一路上太婆婆可以坐得更舒服些。埃尔维斯带了几张毯子。安娜罗萨拿了一把大雨伞，这样下雨或是大太阳的时候都可以用。太婆婆自己带了一只八音盒。

他们坐进等候在街边的出租车，向河流下游的绿地公园驶去。河畔的树上系着一只白色的小船，在水里微微荡漾着。布罗瓦尔将所有枕头都堆在船尾，搀扶着太婆婆上了船。这样一来，她就可以舒服地半靠半躺着，就像在自己床上一样。

埃尔维斯和安娜罗萨陆续上了船，布罗瓦尔坐在船头，划动双桨。小船离开了岸边，向树林掩映的河流深处荡去。水面波光粼粼，阳光暖融融地照在身上，令人沉醉其中。这是一个美好的午后，四周静悄悄的，只有乌鸫在林间欢快地唱着歌。

眼前的景色美极了。太婆婆的目光闪闪发亮，她拧紧了八音盒的发条，八音盒发出叮叮咚咚的动听旋律，小船就在音乐声和鸟鸣声中摇摇晃晃。

布罗瓦尔划桨的动作沉稳而有力，他不时停下来，任由小船在河中央漂着。对于这一次的出行，他同样充满期待。布罗瓦尔也是孤身一人，整个夏天都过得很寂寥。他说，就算是夏天，也未必每个人都会觉得享受。好在他还有工作可以分分心，太婆婆连工作都没有。

两岸的房屋和院落渐渐稀疏起来，他们已经进入了乡下。

太婆婆毫无睡意，对于所看见的一切都很好奇。她时不时紧张地询问时间，当听说距离天黑还有好久时，才释然地松一口气。

“这么说来，我们还可以再待上一会儿啦？”她说。

太婆婆真希望这一切永远都不会结束。布罗瓦尔也没意见，反正他有的是时间。

“这是属于我们的一天！”他说。

偶尔，埃尔维斯心中会掠过一丝不安。妈妈对他的行踪一无所知，肯定会刨根问底。不过管她呢，眼下最要紧的是让太婆婆开心。

他们划着船来到一处僻静的水域，岸边一棵古老的垂柳斜斜地探向河面，在水中投影出婀娜的身姿。这里最适合野餐了。布罗瓦尔带了一只大大的野餐篮，里面装满了点心，还有咖啡和水果。

他们坐在船上悠悠闲闲地吃着东西，头顶是郁郁葱葱的树荫。太婆婆的兴致越来越高。她通常都会在餐后打个盹儿，可今天是个例外。

“你要不要睡一会儿？”安娜罗萨有些替她担心，“这样下去，你的身体会吃不消的。”

可太婆婆说，她才不要把出来兜风的时间浪费在睡觉上，绝不。她又问起时间，布罗瓦尔说他们还可以在外面待上好一阵子，太婆婆这才放下心来。

野餐结束后，布罗瓦尔又划起了桨。两岸的树木越来越葱郁浓密，布罗瓦尔说，要是这么一直划下去的话，他们可以漂到海里。不过那样的话，他们就得到半夜才能回家了。所以过了一个小时左右，布罗瓦尔就掉转船头，开始往回划。

“回去也要花那么长时间吗？是的话就好了。”太婆婆说。

应该是的。根据布罗瓦尔的估计，回去花的时间可能还要更长一些。

为了减少水流的阻力，他们尽可能贴着岸边前进。

划着划着，他们突然在芦苇丛中看见一只白色的塑料袋，刚才过来的时候还没有呢。塑料袋的样子很可疑，鼓鼓囊囊的，就好像一只形状不规整的气球。布罗瓦尔把船划近了些。塑料袋扭来扭去动个不停，仿佛里面有一股神秘的力量，正在拼命挣脱周围的芦苇和石块。

塑料袋里传来微弱的叫声。

安娜罗萨睁圆了眼睛，紧紧捂着胸口。

“里面有东西！”她喘着气紧张地说道。

布罗瓦尔伸出船桨，将塑料袋够了过来，轻轻地放在划艇中央。

塑料袋的封口处绑得松松垮垮，布罗瓦尔没费多大功夫就解开了。其他三个人都屏住呼吸，在一旁默默地注视着。

一只毛茸茸的小脑袋探了出来。是一只小猫咪，看样子才出生几个星期，浑身长有灰色的斑点，一双眼睛湛蓝湛蓝的。它显然受到了惊吓，不过其他没有大碍。它怎么会被装在塑料袋里？还出现在河边的芦苇丛中？

“肯定是有人想要淹死它。太可怕了！”安娜罗萨嘀咕道。她和小猫咪一样受到了惊吓，几乎快要哭出来了。

“不一定哟。”太婆婆说，“那个人没准儿是想要救它呢！”

太婆婆不愿在如此美好的出游中留下负面或阴暗的记忆。她宁可往好的方面想。或许有人特意将装有小猫咪的塑料袋挂在芦苇丛中，期望其他人能够捡到，收留这条小生命。

不管怎么说，小猫咪还是活了下来。没多久，它就活蹦乱跳了起来，显然在塑料袋里没待太长时间。

野餐篮里还剩了点儿奶油。太婆婆将奶油倒在手心，小猫咪舔了个干干净净，然后钻进枕头堆里蹭来蹭去。最后，它蜷缩在太婆婆的怀抱里眯起了眼睛。

安娜罗萨也想要抱一抱小猫咪，可小猫咪已经选定了太婆婆作为它的主人了。它显然很清楚自己想要什么。太婆婆疼爱地抱着它，那画面静谧又美好。

天色渐渐暗了下来。

鸟儿唱起了归巢的歌声，空气中充满了花香。

安娜罗萨向后仰着，靠在布罗瓦尔的一条腿上。埃尔维斯靠在他的另一条腿上。布罗瓦尔每划动一下船桨，双腿就会微微颤动，让安娜罗萨和埃尔维斯感到格外安心。

“我可以就这么坐上一整夜。”安娜罗萨说。

“我也是。”埃尔维斯说。

太婆婆一言不发。她应该也可以抱着小猫咪，靠着枕头躺上一整夜。太婆婆已经不再关心时间了。

布罗瓦尔一直在默默划着船。

“你在想什么？”安娜罗萨问。

“我得好好想一想。”布罗瓦尔答道。

“你得想一想自己在想什么吗？”

“是啊。很奇怪吗？”

布罗瓦尔沉思了片刻，然后说他在琢磨这只小猫咪应该叫什么名字。这个问题的确值得好好思考一番。名字必须起得

恰到好处，它会跟着小猫咪过一辈子呢。

布罗瓦尔从来都认为名字很重要，安娜罗萨的名字就是他给起的。他说，名字要大大方方的，还要叫得响亮。

“不过，同样一个名字，不同的人也会给大家不同的印象。”布罗瓦尔一边说一边拍了拍安娜罗萨的脑袋。

他说，因为这个安娜罗萨的存在，安娜罗萨会成为最美丽的名字。

埃尔维斯非常同意布罗瓦尔的说法。他想到了自己的名字——是妈妈从猫王埃尔维斯·普雷斯利身上获得的灵感，这名字真的适合自己吗？当别人提到埃尔维斯的时候，脑海里浮现出的究竟是埃尔维斯·卡尔松还是埃尔维斯·普雷斯利？

太婆婆已经很久没有开口说过话了。她安安静静地坐在船尾，聆听着他们的讨论。现在，她才抬起头来，目光在大家脸上扫视一遍。她知道小猫咪该叫什么了！太婆婆意味深长地点了点头，然后朗声宣布道：“就叫它摩西[①]吧！”

小猫咪是在水边的芦苇丛中发现的，这个名字再合适不过了。布罗瓦尔说，就这么定了，小猫咪现在有了自己的名字：

---

①摩西：《圣经》故事中希伯来人的领袖。因法老限制国内希伯来人生男婴，出生后被母亲放入筐中，搁在河边芦苇丛中。——译者注

摩西。

安娜罗萨将后背靠在布罗瓦尔的腿上轻轻蹭着，她说自己被蚊子咬了，痒得难受。不过埃尔维斯知道，那是她编出来的借口。安娜罗萨露出狡黠的微笑，一双亮晶晶的眼睛注视着岸边掠过的绿树和鲜花。夕阳的余晖洒在水面上，照亮了船尾的涟漪。安娜罗萨看了看船上的其他人：埃尔维斯、太婆婆和摩西。

然后她抬起头，直视着布罗瓦尔的眼睛。布罗瓦尔微笑着看了看她，然后慢慢抽回贴住她后背的腿。

“蚊子咬的包是不该挠的。”他说。

6 一个惊喜

第二天一早，安娜罗萨就跟着妈妈和新爸爸去了斯科纳，埃尔维斯落了单。通常来说，埃尔维斯一个人也能自得其乐，所以很少觉得孤单。不过这次不一样，他有生以来第一次真真切切地体验到了孤独，心里空荡荡的，周围的一切仿佛失去了乐趣，也变得无足轻重。

就在这时，爷爷打电话过来了。爷爷希望埃尔维斯能立刻动身去乡下。马上，就现在，一刻都不要耽误。这才是他记忆中的爷爷。埃尔维斯高兴极了。

可妈妈不高兴。电话是妈妈接的，她一口回绝了爷爷的邀请。埃尔维斯知道，妈妈也觉得孤单，所以不希望放他走。可就算埃尔维斯和妈妈在一起，他们两个也还是孤单，那是一种发自内心的感觉，无法消弭。埃尔维斯将自己的想法老老实实地告诉了妈妈。

“我们同时待在家里的时候，也都是各做各的。”他说。

妈妈没吭声，只是盯着他看。

电话铃响了，这次是奶奶打来的。奶奶和妈妈在电话里聊了好久。她解释说，他们之所以希望埃尔维斯现在就过去，是有一个特殊的原因。这原因很重要，可她现在还不能说。妈妈当然不肯让步，她说除非自己弄清楚原委，否则是不会放埃尔维斯走的。

埃尔维斯听见了她们整个的对话。奶奶说，她希望能给埃尔维斯一个惊喜。妈妈答应一定会保密，于是冲埃尔维斯挥了挥手，示意他回避一下。埃尔维斯走进浴室关上门。四周顿时安静下来。很快，电话就打完了。

“好吧，你可以去了，埃尔维斯。”妈妈说，“不过我很好奇，你对这个惊喜会怎么看！”

妈妈的神情怪怪的，一副欲言又止的模样。

埃尔维斯离开了家门。惊喜正等着他呢！

汽车停靠的位置就位于爷爷的院子外面。爷爷一般都会站在车站等他。还隔着老远的距离时，埃尔维斯就伸长了脖子左看右看，可一个人影都没见到。他下了车，穿过马路。一个身影从栅栏边的小水渠里钻了出来。

托尔斯滕？

来接他的人不是爷爷，而是托尔斯滕。

这是一个炎热的夏日。暖暖的风吹过草丛，昆虫发出窸窸窣窣的响动。埃尔维斯和托尔斯滕就这样面对面站着。

“你好。”托尔斯滕说。

“你好……”

托尔斯滕一脸兴奋，可埃尔维斯只觉得自己被骗了。托尔斯滕站在这里干什么？爷爷呢？他急着想要知道答案，可又问不出口。

托尔斯滕还是老样子，可能比埃尔维斯印象中更苍白了些，也更瘦了些。不过埃尔维斯还是一眼就认出了他，还有他金色的头发和浅蓝色的眼睛。

“行吧，行吧，行吧。”托尔斯滕像是在自言自语。

埃尔维斯想起来了，这是托尔斯滕的口头禅，上次见面的时候，他就总这么说。埃尔维斯觉得自己是喜欢托尔斯滕的，可心中又有一股无名火，他自己也不清楚为什么。托尔斯滕当然可以出现在这里，这是他的自由。可爷爷呢？难道是他让托尔斯滕过来接埃尔维斯的？这么说来，托尔斯滕和爷爷现在经常见面了？埃尔维斯的脑海里浮现出无数的念头，而托尔斯滕只是站在一边，不停地说行吧，行吧。

托尔斯滕是一个寄养的孩子。他没有妈妈，也没有爸爸，所以只能由养父母照顾。托尔斯滕住过很多寄养家庭，他从这一家搬到那一家，能去过的城市基本都去过了。托尔斯滕是个很有意思的朋友，他很善于思考。埃尔维斯也是，只不过思考的方式不同罢了。他们都会时不时冒出一些稀奇古怪的念头，从这一点来说，两个人还是挺谈得来的。

托尔斯滕将双手插在裤兜里，微微缩着肩膀，看着埃尔维斯，然后开始和他热络地聊起天来。那感觉完全不像是两个一年多没见面的朋友，仿佛昨天才见过似的。

托尔斯滕拉着埃尔维斯来到爷爷的温室。他想给埃尔维斯展示自己栽培的珊瑚蕨。埃尔维斯知道珊瑚蕨是怎么一回事，他自己也种过。珊瑚蕨是一种盆栽观赏植物，有着蓬勃而葱郁的叶子。珊瑚蕨很神奇，随着时间的推移，它的茎干上会生出很多气生根。将这些气生根摘下来移栽在其他的花盆里，就可以培育出更多盆珊瑚蕨。

这些知识是爷爷传授给埃尔维斯的。

显然，爷爷也把同样的内容教给了托尔斯滕……

这感觉太奇怪了。不过既然发生了，埃尔维斯也只能接受。话说回来，托尔斯滕为什么不在自己家栽培珊瑚蕨？他的这些盆栽怎么会出现在爷爷的温室里？埃尔维斯向四周看了看，花架上摆满了珊瑚蕨。

托尔斯滕告诉埃尔维斯，村里每两周都会举办一次拍卖会，一般都在星期六。托尔斯滕会带上自己培育的珊瑚蕨参加拍卖，叫价最高的人就会成为珊瑚蕨的新主人。托尔斯滕的珊瑚蕨很受欢迎，连临近村落的人都会赶来参加竞拍，因此每次都会出现供不应求的局面。因为栽培珊瑚蕨，托尔斯滕挣了相当可观的一笔钱。

“我这辈子靠卖珊瑚蕨就能过得不错。”托尔斯滕骄傲地说。

他建议埃尔维斯也试试看。

“你们城里也有拍卖会吗？”

有是有，不过埃尔维斯觉得，城里的拍卖行恐怕看不上珊瑚蕨。

“那你可以去广场的集市上卖。不过你得先摆个摊位才行。还要给它们定价。”

托尔斯滕和埃尔维斯有商有量地聊了起来。他觉得，最大的问题在于确定价格。在拍卖会上就没有这种烦恼，谁出价最高，谁就能买得到，拍卖的方式也更有意思。不过托尔斯滕答应，如果埃尔维斯要去广场摆摊的话，他一定会帮忙定价。

“千万别忘了申请摊位的许可证，不然警察会找你麻烦的。”

托尔斯滕尽情地畅想着未来的安排。埃尔维斯渐渐听得入了迷，不由自主地被吸引了过去。不过他脑子里还在琢磨别的事，比如：爷爷去哪儿了？他为什么总不出现？

“你可以好好考虑一下！”托尔斯滕说。

“考虑什么？”埃尔维斯刚才走神了。

“哦，我是说，要是你没法在城里卖的话，我可以帮你在村里卖。尽管拿过来就是！”托尔斯滕张开胳膊，大方地表示，“瞧，这里有的是地方！”

爷爷的温室里的确很宽敞，这一点埃尔维斯也同意。可他的脸上还是写着一个大大的问号。托尔斯滕什么意思？他干吗要把盆栽都拿到爷爷的温室里来？

托尔斯滕看出了埃尔维斯的疑问。他主动揭开了谜底。

“我就住在这儿！”

什么？埃尔维斯还以为自己听错了。托尔斯滕住在爷爷奶奶家？为什么？他要住多久？

“我搬过来了。”他说。

搬过来了？是暂时的还是永久的？

“对，我再也不用搬走了。以后我就都住在这儿了。这事儿已经定了。”

对于埃尔维斯心里的疑问，托尔斯滕一一给出了答案。他的语气自信而沉稳。埃尔维斯一言不发，胸口像被大石块压着似的，闷闷地难以呼吸。

“现在我是他们的孩子了！”托尔斯滕宣布。

“是寄养孩子！”埃尔维斯纠正道。他本来不想这么说的，可实在没忍住。

托尔斯滕并不在意，而是骄傲地摇了摇头。

“不是寄养的，是真的！”

真的？埃尔维斯的心里一阵刺痛，他想要大声呐喊。他们怎么可以这样？为什么不先和埃尔维斯打声招呼？

爷爷怎么能擅自做了决定？

埃尔维斯的感觉是对的。出大事了！所以那次在港口喝下午茶的时候，爷爷才会托尔斯滕长托尔斯滕短地说个不停，因此还和埃尔维斯闹了别扭。前几天打电话的时候，爷爷也表现得很奇怪。他甚至都没听出来埃尔维斯的不愉快，都是因为这个！现在呢，爷爷干脆懒得露面，派了托尔斯滕出来迎接他！爷爷应该早早等在车站，亲口告诉他这个消息的！讨厌的爷爷！

埃尔维斯转身就走，他要找爷爷问个清楚。

可就在这时，他看见了托尔斯滕。他显然已经忘记了托尔斯滕的存在。埃尔维斯本来已经走出了温室，却硬生生停下脚步。托尔斯滕用真诚的目光注视着他，让他无法再往前迈出一步。

埃尔维斯感到脸上阵阵发烫，耳朵热辣辣的，头皮微微发麻。他真想立刻逃离这里，可怎么都躲不开托尔斯滕的目光。过了好一会儿，埃尔维斯才鼓起勇气，直视着托尔斯滕那双淡蓝色的眼睛。他们两个不约而同地笑了起来，但表情都很严肃。

“是的，我现在是他们的孩子了。”托尔斯滕又说了一遍，“事情就是这样的。”

他的眼神里充满了幸福，神情也随之开朗了起来。

“还不错吧？”他问。

埃尔维斯的心里突然变得无比敞亮。那种不愉快的感觉消失得无影无踪，就好像心中一块沉甸甸的大石头轰然崩塌，剩下的只有轻松和畅快。他又可以自由自在地呼吸，无拘无束地开怀大笑了。

“嗯！还不错。行吧，行吧，行吧……”

他模仿起托尔斯滕的语气，把自己都逗笑了。然后，托尔斯滕向他讲述了整件事的经过。托尔斯滕在之前的寄养家庭里住得并不开心。他的养父母总有其他事要忙，所以根本顾不上他。他们经常出远门，把托尔斯滕一个人留在家里。有的时候，托尔斯滕一连好多天都见不到他们。后来，他们要有自己的孩子了，对托尔斯滕的态度越来越冷漠。

所以，托尔斯滕经常跑到村子里玩。他是在小卖部里认识爷爷的。他们很快攀谈起来，渐渐成了朋友。托尔斯滕跟着爷爷去家里玩，也和奶奶成了朋友。

再然后……他生病了，卧床休息了好几个星期。那时他才真正意识到自己的处境有多么艰难。他很想要离开之前的寄养家庭，可因为生病，什么都做不了。那真是一段黑暗的时期。爷爷的探望成为他唯一的快乐和期待，奶奶也去看过他几次。有一天，爷爷奶奶问他愿不愿意搬去他们家，永远地住在那里。托尔斯滕当然愿意。事情就这么说定了。托尔斯滕成了他们的孩子，从此有了属于自己的家。

“真不错。”埃尔维斯说。

“是啊。你知道，他们以前有个叫约翰的儿子，可惜很早就死了。我可以替代他的位置。”

埃尔维斯摇了摇头。

“不。”他说，“你不是约翰的替代品，我也不是。我们永远是我们自己！”

“行吧，行吧……”托尔斯滕说，“那是自然。我只是想，这样或许能让他们觉得安慰？”

埃尔维斯明白托尔斯滕的意思。他自己也曾有过这种念头。他知道，奶奶想从他的身上看到约翰的影子，所以为了让奶奶高兴，他会在各个方面尽量向约翰靠近。可爷爷不喜欢这样。约翰是约翰。埃尔维斯是埃尔维斯。

托尔斯滕是托尔斯滕。无论他们是否觉得安慰，无论其他人是否满意，这一点不容置疑。埃尔维斯告诉托尔斯滕，爷爷是这么和他说的。托尔斯滕听了很高兴。

“可他们在哪儿呢？”埃尔维斯问，“爷爷呢？”

爷爷奶奶希望由托尔斯滕告诉埃尔维斯这个决定。他们想让埃尔维斯和托尔斯滕单独聊聊。

“嗯，现在我知道了。”埃尔维斯说。

“嗯，现在你知道了。”托尔斯滕说。

他们一起进屋去找爷爷奶奶。

7 “埃尔维斯去世”

埃尔维斯坐在回城的汽车上。

他觉得，自己很久没有这么高兴过了。

他想到了托尔斯滕。他想到了爷爷，想到了奶奶，还想到了昨天的晚餐。

爷爷奶奶特意将阳光房布置了一番，还拿出了那套印有绿色小鸟图案的上好瓷器。奶奶烤了核桃蛋糕作为餐后甜点。他们四个人高高兴兴地坐在一起，托尔斯滕的加入一点儿都不显得多余。那感觉就好像他一直都是家里的成员一样，一切都是那么地自然。爷爷、奶奶、埃尔维斯和托尔斯滕组成了幸福而融洽的一家。

不过托尔斯滕很快就累了。自从那场大病之后，他的身体一直很虚弱。他的脸色突然变得苍白，整个人需要赶紧躺下才行。奶奶陪托尔斯滕回房间了，埃尔维斯和爷爷还留在阳光房里。

他们两个坐在桌边，埃尔维斯坐在沙发里，爷爷坐在他正对面的椅子上。奶奶和托尔斯滕走后，四周顿时安静下来。爷爷和埃尔维斯默默对视了许久，最后还是爷爷先开了口：“这个决定做得很果断，可以说没有半秒的犹豫。奶奶和我都很清楚自己在做什么。你能明白吗，埃尔维斯？”

埃尔维斯没有立刻回答。他还在回味爷爷的话：他们知道将托尔斯滕带回家意味着什么，而且没有半秒的犹豫。这是再自然不过的决定！埃尔维斯当然能明白。他冲爷爷笑了笑，他理解爷爷和奶奶的选择。

“行吧，行吧，行吧。”他模仿托尔斯滕的语气说道。这么说话实在太好玩了。

爷爷站起身，坐在埃尔维斯身旁的沙发里，伸出胳膊搂住他的肩膀。埃尔维斯靠在爷爷身上。他们就这样坐着，看着窗外的天色一点一点暗了下去。直到奶奶进来点起了蜡烛。埃尔维斯能感觉到，他和爷爷的关系从未像现在这样亲密过。

埃尔维斯坐在汽车里，不由叹了口气。对于昨天发生的事，他恐怕这辈子都不会忘记。他还以为自己因为托尔斯滕永远失去了爷爷，可是结果正相反，他赢得了爷爷的心。埃尔维斯将爷爷奶奶送的蔬菜紧紧抱在怀里，嘴角露出一个幸福的微笑。

他的眼前浮现出之前和托尔斯滕道别的画面。

托尔斯滕还躺在床上，暂时无法起身。他的精神不错，只是还需要再卧床静养一天。托尔斯滕的床上堆满了书、画画本和铅笔。托尔斯滕说，他要做的事情实在太多了，每天的时间都不够用。托尔斯滕总有很多事要忙，埃尔维斯也是。不过看样子，托尔斯滕比他还要着急。

“就算再忙，我也会帮你卖珊瑚蕨的。”托尔斯滕说，“这样你就不用琢磨该定什么价格了。定价总是很伤脑筋的。”

埃尔维斯表示同意。城里的生活总是麻烦一些。托尔斯滕对此深有体会。

“城里的人做事都比较死板。”他说。托尔斯滕一直辗转生活在不同的乡下和城市里，因此很有发言权。他希望能尽快再见到埃尔维斯。

“你一有空就过来好啦！”托尔斯滕说。听得出来，这是他的真心话。

托尔斯滕喜欢埃尔维斯。埃尔维斯也喜欢托尔斯滕。他们两个都觉得心里暖暖的。托尔斯滕是个好孩子，能拥有他，是爷爷奶奶最大的幸运。

回程的时间过得太快了！一转眼的工夫，汽车已经进城了。埃尔维斯很快就要到家了，再一次见到妈妈……妈妈一直觉得托尔斯滕很幼稚，不知道对这件事，她会有什么评价呢？

汽车停在烟草店外的一个车站。埃尔维斯透过车窗向外张望，他愣住了。布告栏上面贴的是什么？还用那么大那么黑的字体写出来？不可能吧！太可怕了！埃尔维斯倒吸了一口凉气……他得站起身，仔细看看自己有没有看错。不巧的是，两个男人正好挡在了布告栏前面，汽车发动了，埃尔维斯抱着一大堆蔬菜，一屁股跌坐下来。

唉，可能是他看错了，应该没什么。

汽车又停了下来。埃尔维斯到站了。他抱着蔬菜走下车。车站距离家并不远，只隔着几条街。以前，埃尔维斯总是暗自庆幸自己不用走太多路，可今天，他只觉得这段路太短了。埃尔维斯的脑子里充满了各种各样的念头，得一个人静一静才能思考清楚。不过他已经答应过妈妈，一下车就立刻回家，不在路上逗留。

布告栏里究竟写的是什么？算了，别管了！一定是他的幻觉。

不过，万一他没看错呢？附近不远处就有一家报刊亭，爸爸经常在那里买报纸。

埃尔维斯穿过马路，抱着一大堆蔬菜绕过街角，报刊亭就在街对面。埃尔维斯正准备跑过去，突然停下脚步。天哪！一模一样的标题！他没看错。

标题用巨大的黑体字写着——

埃尔维斯去世

埃尔维斯老远就看到了这几个字，不过他还是跑到街对面，想要看个清楚。他的心怦怦直跳，大脑瞬间停止了运转，手脚僵硬，怀里的蔬菜撒了一地。埃尔维斯证证地看着布告栏直愣神。

千真万确，他确实没有看走眼。上面写着：埃尔维斯去世。埃尔维斯读了一遍又一遍，可怎么都想不明白。他的大脑一片空白，耳畔嗡嗡直响。

就在这时，一辆自行车在他身后停了下来。骑自行车的人跳了下来，站在他的身边，可埃尔维斯毫无察觉。直到一个声音响了起来，他才猛然醒过神儿来。

“埃尔维斯死了……你应该觉得很难过吧？”

埃尔维斯愣了一下。一个女孩站在他身边，和他盯着同一块布告栏，然后用悲伤的口吻大声朗读起上面的内容：“埃尔维斯·普雷斯利于昨晚在孟菲斯的家中去世……”埃尔维斯怔怔地看着布告栏，这时他才看到标题下面的小字，原来死去的是埃尔维斯·普雷斯利，而不是埃尔维斯·卡尔松。想想也是。

埃尔维斯去世

不过有那么一瞬间，埃尔维斯还是觉得自己像被闪电击中了一样。

“你也不用太伤心了。”那个女孩又说了一遍。

“没关系。”埃尔维斯转过身，准备往家走。

哎呀糟糕，他的蔬菜！莳萝、胡萝卜、香菜散了一地，人行道上一片狼藉。埃尔维斯慌忙低下头捡起来，女孩热心地上前来帮忙，可埃尔维斯只希望她走得远远的。埃尔维斯一直背对着她，那女孩试着搭讪，可埃尔维斯始终冷冰冰的，既不看她，也不回话，甚至装作听不见。他只想要一个人静静待着而已，这要求过分吗？他不想听任何人说话！

这时，女孩冷不丁来了一句：“要是丽莎·明尼里死了，我非得哭晕过去不可。”

埃尔维斯瞥了她一眼。原来就是那个女孩啊！被妈妈称为小可爱的那个！妈妈成天挂在嘴边的那个！埃尔维斯收到匿名信的那天晚上，她在铁路桥边摔伤了腿。不就是她吗？

埃尔维斯匆忙捡起最后几根胡萝卜，接过女孩递来的一把莳萝，逃也似的走开了。女孩推着自行车，沿着人行道一路跟着，想要和他聊天。

看见埃尔维斯走到马路的另一边，女孩也迅速穿过马路，将自行车推上人行道，紧紧跟在他旁边。

“我叫丽莎，就是丽莎·明尼里的丽莎。”

埃尔维斯加快了脚步，越走越急，女孩也加快了速度。她似乎铁了心，不打算放过埃尔维斯。

“等等！你掉了一根胡萝卜！”

埃尔维斯顾不上胡萝卜了，一心想要甩掉她。埃尔维斯跑了起来，女孩拿着胡萝卜站在原地，然后用力向他扔去。胡萝卜不偏不倚地砸在埃尔维斯的后脑勺上，可埃尔维斯装出若无其事的样子。事已至此，那女孩终于放弃了，跳上自行车骑走了。她愤怒地朝埃尔维斯大叫大嚷着，埃尔维斯一句都没听清，当然他也不在乎。只要她走了就行。那女孩肯定是想跟他回家找妈妈的，埃尔维斯可不想惹上这个麻烦。

不管怎么说，布告栏里的消息实在是太可怕了。从埃尔维斯出生的那一刻起，他的命运就和埃尔维斯·普雷斯利联系在一起。对于他来说，埃尔维斯·普雷斯利的死有着不同寻常的意义。

可怜的妈妈！她才刚刚失去外公！天哪，妈妈太可怜太可怜了！她肯定正坐在厨房里哭呢。

埃尔维斯记得外公葬礼的第二天，妈妈摘下那顶饰有绢花的黑色礼帽，说她打算收好，留到下次用。听到这话的时候，埃尔维斯害怕极了。下次……？妈妈什么意思？

妈妈的意思是，下次有人死的时候，下次参加葬礼的时候。自从外公去世后，妈妈总唠叨着什么“福无双至，祸不单行”。埃尔维斯听了毛骨悚然。妈妈说，她有预感会有不好的事发生，这就是所说的第六感！

不过妈妈似乎并没有预感到，所谓不好的事会发生在埃尔维斯·普雷斯利身上。不然她肯定会表现出一些异样吧？至少，妈妈不会一边播放他的唱片，一边高高兴兴地载歌载舞。至少，妈妈会有些忧伤和难过吧？反正埃尔维斯一点儿都没看出来。

下次！这个恐怖的字眼牢牢刻在埃尔维斯脑海之中，挥之不去。埃尔维斯经常忍不住胡思乱想，下一个会轮到谁？

他做梦都没想到，下一个轮到的是埃尔维斯·普雷斯利！

他该怎么安慰妈妈？

埃尔维斯感到两条腿像灌了铅一样，沉甸甸的。他甚至没有勇气踏上家门前的台阶。妈妈肯定哭得稀里哗啦，埃尔维斯最听不得妈妈哭。妈妈一哭起来就收不住，埃尔维斯心里也不好受。

最后几级台阶，他几乎是一步一步挪上去的。

埃尔维斯终于来到了家门口，妈妈一脸微笑迎了出来。

“你终于回来了！我的小埃尔维斯，我还以为你错过汽车了呢，这不，我刚准备给你奶奶打电话……”

妈妈还是老样子，拿着抹布和扫帚在房间里转来转去，擦擦这里，扫扫那里，嘴里唠叨个不停，丝毫看不出悲伤的样子。妈妈显然很高兴埃尔维斯回了家。埃尔维斯忍不住用探寻的目光打量着妈妈。

“小埃尔维斯，怎么啦？你看着怎么魂不守舍的，像丢了钱似的？你还好吧？”

“挺好的。”埃尔维斯很快恢复了常态。妈妈主动提到托尔斯滕，她问埃尔维斯，爷爷奶奶把托尔斯滕照顾得怎么样。

“挺好的。”埃尔维斯还是这句话。他知道妈妈的心思，所以懒得和她讨论托尔斯滕的事。妈妈没察觉到埃尔维斯的敷衍，自顾自地说：“他们年纪也太大了……唉，反正我觉得他们这是自找麻烦，根本没必要。”

埃尔维斯没吭声，任由妈妈说个痛快。很显然，她对所发生的悲剧一无所知。当然妈妈迟早是会知道的，不过坏消息拖得越久越好。眼下最重要的，是让妈妈远离报纸、收音机和电视。

妈妈已经开始着手准备晚饭了。电话铃响了，埃尔维斯霍的一下跳了起来。肯定是希万阿姨，她看到了布告栏，所以打电话和妈妈八卦！埃尔维斯冲过去拿起听筒。妈妈有些惊讶，埃尔维斯平时可从不会抢着接电话。

打电话来的人不是希万阿姨，而是奶奶，她想知道埃尔维斯安全到家了没有。接着，托尔斯滕想要和他说话。托尔斯滕说，自己正在做一本自然笔记，他刚起了个头，想要念给埃尔维斯听听。可埃尔维斯根本没心思听，他满耳朵都在留意妈妈那边的动静。万一妈妈打开了收音机，或是爸爸带了报纸回来，他得在第一时间出面阻止。

托尔斯滕很快听出埃尔维斯的不对劲。

“你怎么不在听我说话？”他问。

埃尔维斯说，等下次他们见面时，自己再告诉他原因。

“你现在不能说吗？”

“呃……不能。”

好吧。托尔斯滕表示，见面说也是一样的。不过既然埃尔维斯不想听，他现在也没必要再说下去。他们道了再见，挂断了电话。埃尔维斯偷偷拔掉电话线，以防那些电话阿姨再打进来。

爸爸刚一进门，埃尔维斯就跑了过去。好险！他指了指爸爸手里的报纸。

“赶快藏起来！”埃尔维斯压低了嗓门说，“快藏好！”

爸爸一脸不解地看着他。

“怎么了？为什么？”

埃尔维斯做了一个噤声的手势。

“你还不知道吗？”

妈妈刚把牛排放进煎锅，发出一片噼里啪啦的响声，正好淹没了埃尔维斯和爸爸的讲话声。

“你没看布告栏吗？”

爸爸这才明白过来埃尔维斯的意思。他当然看了。爸爸竖起大拇指，朝着厨房的方向指了指。

“你是说，妈妈还不知道吗？”

埃尔维斯点了点头。是的，妈妈还蒙在鼓里，而且她现在情绪很好，高高兴兴的。要是知道的话，她的好心情就全毁了。

爸爸举双手双脚赞同。既然妈妈现在这么高兴，就应该让她多高兴一会儿。至于坏消息，能拖多晚告诉她就拖多晚。

最棘手的是电视。爸爸妈妈总会在晚饭后打开电视，边喝咖啡边看新闻和天气预报。不过爸爸许诺说，这件事包在他身上。

这顿晚饭吃得很愉快。因为有重要的任务在身，埃尔维斯和爸爸竭尽全力逗妈妈开心。妈妈心情大好，脸上始终挂着笑容。这让埃尔维斯想起自己曾经暗暗发过誓，要少惹妈妈生气，多让妈妈高兴。

喝咖啡的时候，爸爸一反常态，并没有选择电视机前的位置。妈妈觉得很奇怪。

“你今天不看新闻吗？”

不看。爸爸说，他觉得坐着聊天更有意思，今晚就不看电视了吧。妈妈显然有些意外。

“体育新闻呢？”她问。

也不看。爸爸根本不关心那些体育赛事。对于不看电视，妈妈是没有意见的。这无异于一个巨大的惊喜，因为爸爸平时宁可看电视，也不愿意花时间和她聊天。

“要么我们出去散散步吧？”妈妈提议。

散步可不行。妈妈会看见布告栏的！埃尔维斯和爸爸迅速交换了一个眼色。妈妈的脸上满是期待的神情，要劝说她放弃散步的念头可不容易。

爸爸打了个呵欠。不，他不想出去，今天太累了，他连腿都抬不起来。

“我也是。”埃尔维斯说。

“这样啊。你今天也很累吗？”妈妈笑着问。

“是的。”埃尔维斯点点头。

“唉，你们两个真没劲！”妈妈走进厨房，低头洗起碗来。厨房里立刻充满了哗哗的水声。

“要么我们绕点儿路，不让她看见布告栏就是了？”埃尔维斯小声说。

“可是万一路上碰到哪个熟人，和她聊起来这件事怎么办？”爸爸忧心忡忡地说，“真是为难啊。”

爸爸也很想满足妈妈的愿望。提到散步的时候，妈妈两眼放光，整个人神采奕奕。

这时，厨房里突然传出收音机的响声，是妈妈打开的。收音机里正在播报新闻。埃尔维斯和爸爸赶紧冲了进去，可为时已晚。

“美国摇滚歌手埃尔维斯·艾伦·普雷斯利昨晚在其孟菲斯的家中去世，享年四十二岁。”播报员冷冰冰的声音传遍了厨房每一个角落。

妈妈背对着他们站着，她正在刷洗锅盖。妈妈装出若无其事的样子，只在新闻播报期间有过短暂的慌神儿，但很快恢复了镇定，一遍遍用力刷着锅盖。新闻里继续播报其他内容。埃尔维斯和爸爸站在妈妈身后，等待着她开口说些什么。可是没有。妈妈始终在埋头洗碗。

埃尔维斯和爸爸只好在餐桌边坐下。妈妈洗完碗，转过身拿起一块抹布，一眼都没看过他们。妈妈面无表情，既没有哭，也没有任何悲伤的表示。爸爸从餐桌边站起身来。

“我来擦吧！”

“不用了。”

妈妈将玻璃杯一只一只擦拭干净。厨房里安静极了。最后还是爸爸率先打破了沉默。

“真是不幸……”他的声音有些干涩。

“什么？”

“就是那个……那个……”

妈妈又转过身去。爸爸把将要说的话硬生生咽了下去。或许还是不说为妙。埃尔维斯和爸爸默默走出厨房。妈妈还留在里面。她在水槽和橱柜之间走来走去，打开抽屉，将锅碗瓢盆依次放好，然后关掉收音机。

当一切恢复安静后，爸爸再一次走进厨房。

“要么，我们还是出去散个步吧？”

“不用了，现在太晚了。”

当时妈妈提议的时候就该去的。

“埃尔维斯要上床睡觉了，明天事儿还多着呢。”

妈妈就说了这一句话。

埃尔维斯·艾伦·普雷斯利死了，世界上再也没有真正的埃尔维斯了。对他的离去，妈妈没有叹息，没有眼泪，甚至连一句话都没有。

8 妈妈的小可爱

“你知道你是怎么答应妈妈的，埃尔维斯。妈妈已经没有外公了，我们两个要永远在一起，再也不吵架，再也不闹别扭。”

“我没吵架！”

埃尔维斯听得出来，自己的口气很不客气。他想要出门，可妈妈怎么都不肯。妈妈用一双亮晶晶的眼睛盯着埃尔维斯，将他抱了又抱，可埃尔维斯只是垂着手站在那里。

埃尔维斯也很同情妈妈。自从外公死后——按照妈妈的说法是“不在了”——家里的气氛总是怪怪的。现在，那个埃尔维斯·普雷斯利也死了。不过妈妈绝口不提这事，一个字都没说过。以前她每天都要放那个埃尔维斯的唱片，现在也不听了。

与此同时，妈妈对他越来越担心。埃尔维斯经常能感觉到妈妈的目光。或许因为，现在自己是她唯一的埃尔维斯。另一个埃尔维斯，“真正的”那个已经不在了。妈妈只有他了。

埃尔维斯能感觉到，妈妈对他有所期待，可妈妈始终没有挑明，他也不知道具体是什么。妈妈只是睁着一双亮晶晶的眼睛看着他，然后将他抱了又抱。埃尔维斯觉得良心上很过不去，他对妈妈的态度冰冷而生硬，也没有足够的耐心回应妈妈的拥抱。

“我的小埃尔维斯，你应该记得自己是怎么答应妈妈的吧？”

埃尔维斯沉默了。他没办法给出妈妈想要的答案。他记得很清楚，自己什么都没答应过，妈妈为此还很失望。妈妈逼他做出一大堆的承诺，比如永远不闹别扭，永远不吵架之类的。他当然也希望自己能和妈妈好好的，可这种事也说不好啊。别说他做不到，妈妈自己也做不到嘛。有的时候，妈妈那态度，明摆着就是不想和他在一起嘛，比如上次去乡下的时候就是。妈妈几乎没正眼瞧过埃尔维斯，和他单独待在小木屋里的时候又嫌他多余。既然这样，他也没必要虚情假意地答应妈妈嘛！

“埃尔维斯……？”妈妈的口气近乎哀求。可埃尔维斯像根电线杆似的，僵硬地杵在那儿。

这时，妈妈突然放开他，转过身去。

“你爱干什么就干什么吧……”

埃尔维斯知道妈妈的潜台词是：“要是你还有一点点良心的

话，就不会离开妈妈……”妈妈没这么说，可她希望埃尔维斯能懂点事，陪她留在家里。

埃尔维斯很清楚妈妈的心思，可他还是走了。

“再见！”他站在门口，冲妈妈说道。

“再……”妈妈用哽咽的声音说道，远远地看着他。

埃尔维斯轻轻带上了门。他觉得自己对妈妈既冷酷无情，又虚伪善变。可他对自己是真诚的。其实埃尔维斯并不反对留在家里，反正今天也没什么事可做。他之所以坚持出门，是要证明，他完全可以自己说了算。

不过从内心来说，埃尔维斯也知道，所谓“自己说了算”不过是他的痴心妄想罢了。真是那样的话，他早就可以去找爷爷玩了。不过他刚一提出自己的想法，就遭到了妈妈的反对。

妈妈的原话是这么说的：“你才刚去过那儿没几天，埃尔维斯！你总不能成天赖在爷爷奶奶家不走！再说了，他们现在有了托尔斯滕……你要知道，没有了你，他们过得也挺好。而我呢，成天一个人在家孤孤单单的……埃尔维斯，你就不能考虑考虑我的感受吗？”

妈妈把话说得这么决绝，也难怪埃尔维斯要赌气出门了。

外面的天色阴沉沉的，就好像埃尔维斯郁闷的心情。他耷拉着脑袋，漫无目的地走来走去，耳边还回响着妈妈的责备。

他可以去港口看看有没有新的船靠岸！说不定还能和在仓库上班的埃里克喝个下午茶！埃尔维斯身上带着钱，正好可以顺路买点儿吃的。

埃尔维斯的钱包里有四克朗六十七欧尔，足够了。埃尔维斯走进一家热气腾腾的面包店，买了两个新鲜出炉的奶酥面包。

既然要在外面待上一天，埃尔维斯必须得好好计划一番。等他去港口见过埃里克，喝过下午茶后，就可以去铁路那里找布罗瓦尔玩，反正能待到多晚就待到多晚。他要让妈妈看看，不让他去爷爷家是没用的。就算他在城里，妈妈也休想见到他的面！

埃尔维斯不知不觉来到河的下游。河边是一条蜿蜒小路，路旁是一片陡峭的斜坡，春天的时候，斜坡上开满了银莲花。现在则是绿油油、毛茸茸的青草地。斜坡上有一处运动场，就藏在灌木丛和一扇旧的木板门后面。

平时这里没什么人，只有周末的时候有人来散步。现在，河边静悄悄的，就像乡下的爷爷奶奶家。

就在埃尔维斯从木板门前走过的时候，一只李子突然嗖一声飞过来，不偏不倚地砸在他的脑袋上。汁水顺着他的额头流了下来。

啪嗒！哗啦！又来一个！一只接一只的李子飞过来，扔得他身上到处都是。都是些熟透了的李子，有的烂了一大半，软绵绵、湿漉漉的，像雨点般向他砸过来。

肯定有人躲在灌木丛里面或是木板门后面，对他进行大规模袭击，速度又快，砸得又准。大多数李子都落在了他的身上。

可为什么，他要像一尊石像一样傻愣愣地站在原地，任由李子砸在身上呢？他怎么就不跑呢？

埃尔维斯经常会这样，有时候事情发生得太过突然，他还来不及反应过来，根本就没想过要逃走或躲开。当然，其中也有好奇的成分。他想知道这到底是怎么一回事。是谁往他身上扔烂李子？

李子总要扔完的。到时候，扔李子的那个人说不定就会露面了。埃尔维斯打算忍一忍，等待真相水落石出。再说李子软绵绵的，砸在身上一点儿也不疼。埃尔维斯并不害怕，只是有点儿生气，不过更多的是好奇。

埃尔维斯并不是英雄，他不属于那种热爱冒险，主动将自己置身于险境的人。不过真遇到麻烦的时候，他反而格外镇定和冷静，忍耐力也很强。

好一阵子没有李子扔过来了，大概是用完了吧。埃尔维斯耐心等着。他一动不动地站在那里，直勾勾地盯着木板门。

周围安静极了，只能听见流水的潺潺声响。埃尔维斯还在等着……

可谁都没出现。一个人影都没有，一点儿声音也没有。

再这么等下去也不是个办法。扔李子的人要是不打算现身的话，埃尔维斯也懒得主动去找，还不如到此为止。

埃尔维斯耸了耸肩，平静地向港口走去。

这时，他听见身后传来尖锐的喊叫声，那是一种透着胜利和挑衅的口吻："打、亲、骂、爱！打、亲、骂、爱！"

他迅速转过身。一个人都没有！周围又一次安静下来。埃尔维斯走到河边，稍微洗了洗沾上李子汁的衣服，然后继续向前走去。

喊叫声又一次响了起来！它仿佛一首凯旋的旋律，跟着埃尔维斯一路前行。"打、亲、骂、爱！打、亲、骂、爱！"

埃尔维斯一头雾水，完全搞不清楚这是怎么一回事。

不过后来他想起来了，最近一段时间，他的确感到有人在跟踪自己。可每次他转过身东张西望的时候，对方就好像迅速闪避开来，躲在某棵大树后面、某个墙角旁边或是直接消失在某一扇门内。

他一直以为这些不过是自己的幻觉。他一个人的时候，经常假想出隐形的敌人，自己和自己玩游戏，所以他也没多想。可现在，埃尔维斯觉得有些不对劲了。会不会真的有人在暗中监视自己呢？那个跟踪者应该就是朝他扔李子的人吧？

究竟会是谁呢？

至于奇奇怪怪的喊叫声——打、亲、骂、爱，那又是什么意思？

埃尔维斯心不在焉地捏着纸袋里的奶酥面包，心里直犯嘀咕。他已经来到港口，岸边停了不少新的船。可埃里克今天不在仓库。

布罗瓦尔也没上班。埃尔维斯又碰了一鼻子灰。

埃尔维斯早早回了家。

妈妈很高兴，她以为埃尔维斯放心不下她。而且，他还买了两个奶酥面包回来，妈妈一个，埃尔维斯一个，正正好。多可爱的孩子啊！埃尔维斯没反驳，就让妈妈这么以为好了。埃尔维斯不想节外生枝。

妈妈煮了热巧克力，在上面加了鲜奶油，还将藏好的饼干拿了出来。妈妈平时都将饼干锁在柜子里，万一有客人临时造访，也有点心可以招待。埃尔维斯从不偷吃饼干，可妈妈还是喜欢把它们藏得好好的，这是她从外婆那里学来的传统。埃尔维斯想，大概藏起来的饼干吃起来特别香吧。对于这种小事，他才懒得计较。

妈妈和埃尔维斯坐在厨房里，高高兴兴地享用着美食。埃尔维斯面前放着的，就是希万阿姨推荐妈妈看的那本书。那是一本关于儿童心理学的书，里面介绍了很多如何和孩子打交道的方法。妈妈肯定是从中获得的灵感，所以才没有计较埃尔维斯的邋遢——他的衣服裤子上都是被烂李子砸出来的污渍。妈妈什么都没问，只是叮嘱埃尔维斯换一身干净衣服。

有的时候，埃尔维斯总觉得妈妈打量他的眼神说不出的奇怪，其中有着太多疑问和好奇，也有隐忍和克制。在读过儿童心理学的书之后，妈妈总会表现得善解人意一些。

埃尔维斯很想和妈妈聊聊埃尔维斯·普雷斯利。

现在行吗？埃尔维斯偷偷看了妈妈一眼。算了，这个话题只会破坏气氛。既然妈妈自己没有主动提，他还是不说为妙。儿童心理学的书上可没有关于埃尔维斯·普雷斯利的内容。再说有的时候，就算妈妈读了书，她整个人还是神神叨叨的。

他们玩起了飞行棋，这是妈妈最喜欢的游戏。妈妈总想让埃尔维斯赢，这样一来倒也有趣。因为埃尔维斯得时刻保持警觉，不让妈妈得逞。

他们玩了两盘，妈妈都赢了。不过其实，埃尔维斯才是真正的赢家，妈妈对此毫无察觉。妈妈有些意兴阑珊，埃尔维斯则兴致勃勃。

“我们再来一盘吗，埃尔维斯？”

埃尔维斯没意见，不过表示就一盘，最后一盘。他晃了晃骰子，一下子就掷出了一个六点。妈妈鼓起掌来。好样的！埃尔维斯再接再厉，又是一个六点！妈妈激动地从椅子上跳起来。好吧，既然妈妈这么想让他赢，那她就等着瞧好了，到时候输了可别哭鼻子。

说来也怪，埃尔维斯刚下定决心拿下这一盘，原本的好手气就突然消失了！他接连不断地掷出一点或两点，妈妈则故意频出昏招，助埃尔维斯一臂之力。妈妈当然做得很隐蔽，不过埃尔维斯早就看穿了她的心思。由于运气太差，埃尔维斯只得全神贯注，生怕走错了一步。

这真是艰难的一盘棋。埃尔维斯最后总算赢了。妈妈如愿以偿，埃尔维斯也暗暗松了口气。他感到浑身像散了架似的。好在两个人对这一结果都很满意。

妈妈看了看时间，说她要带塞桑出门买晚饭的食材。

家里只剩下埃尔维斯一个人。他突然发现了一件可怕的事：他把钱包丢了！这简直就是一场悲剧。钱包是外公送给他的。有一年，外公在里面塞了三十克朗，连同钱包一起当作他的圣诞礼物。妈妈要知道了肯定会抓狂。外公留下的所有东西都弥足珍贵。尤其在外公去世后，它们更是无法替代。

绝对不能让妈妈知道。

埃尔维斯记得，自己买奶酥面包的时候钱包还在。他付完账，就把钱包塞进了口袋，然后才去的河边。所以钱包肯定没有丢在面包店里。

很有可能，他被李子砸来砸去的时候，钱包跟着掉了出来，滚进了草丛。埃尔维斯记得自己遭到偷袭的地点。平时河边都没什么人，钱包肯定还在那一带。他得赶紧去找！

妈妈回家的时候，要是看见埃尔维斯不在，肯定会起疑心，得给她留张字条才行。埃尔维斯找出一只纸袋，把它压平，在上面写道：我很快回来。妈妈平时就是这么干的。

问题是，字条应该放在哪儿才能让妈妈一眼就看见呢？就放在儿童心理学的书旁边好了！一举两得！妈妈看到字条，再联想到书里的内容，大概就会意识到，自己不该追问埃尔维斯的行踪。

走到河边要一刻钟，回来也要一刻钟。所以这一趟大概要花半个小时。运气好的话，埃尔维斯还可以赶在妈妈之前到家。如果在路上碰到邻居阿姨或是养狗阿姨的话，妈妈一时半会儿还回不来呢。

事不宜迟，埃尔维斯动身上了路。他很快找到了自己被李子袭击的地点。草地上还散落着砸烂的李子，可是没有钱包。埃尔维斯在草丛里翻来翻去，沿着斜坡找了又找，甚至沿着洗衣服的河边转了一圈，可是哪里都不见钱包的踪影。肯定是被别人拿走了。

捡到钱包的没准儿是个诚实的人，已经把钱包交给了警察。埃尔维斯得设法查清楚。不过不是现在，要是他在外面耽搁太久，妈妈会起疑心的。到时候任何心理学的书都救不了他。埃尔维斯决定明天再去警察局问问。但愿妈妈暂时不会发现丢钱包的事。埃尔维斯一路跑回了家。

幸好，妈妈还没回来。埃尔维斯将字条撕得粉碎，丢进垃圾桶，然后装出一副若无其事的样子，坐在沙发上等着。妈妈差不多和爸爸同时进的家门。他们一起吃了晚饭，看了电视，一家人其乐融融。

埃尔维斯早早上了床。倒不是因为累，而是因为他想一个人静一静。他躺在厨房的沙发上，心里忐忑不安，怎么都睡不着。他得赶紧把钱包找回来，不然又要挨妈妈好一顿唠叨。

埃尔维斯一般是不丢东西的，至少不会丢这么重要的东西。要不是遭到烂李子的狂轰滥炸，钱包也不会丢。

说起来，谁会想要跟踪他呢？

说不定是那个写匿名信的“敌人”？

白天的时候，埃尔维斯一点儿也不觉得害怕，可到了晚上，就剩他一个人的时候，一种深深的恐惧突然排山倒海似的向他袭来。

埃尔维斯盯着厨房的窗户。说不定现在正有人站在窗户下面东张西望，脑海里满是邪恶的念头。那种邪恶的力量能使百叶窗在半夜发出巨响。

谁知道呢？或许根本不是弹簧绷得太紧的缘故，肯定有别的原因。上一回，埃尔维斯明明看见有人站在下面！那张脸仿佛黑暗中的一团光斑，而且他一喊，对方就逃跑了！会是谁呢？

埃尔维斯从沙发上爬起来，悄悄走到窗户前。百叶窗把外面遮得严严实实。埃尔维斯拽住拉绳，在手柄上绕了一圈又一圈，这下窗户被固定得牢牢的，绝对不会再弹起来了。

埃尔维斯又轻手轻脚地走回沙发，钻进被窝。他最后还是睡着了，不过一整晚都在做各种各样的梦。

第二天是个温暖而明媚的好日子。早上，爸爸已经去上班了，妈妈显得情绪高昂，拉着埃尔维斯一起在厨房吃早餐。

埃尔维斯在餐桌边坐下。妈妈正要去冰箱里拿奶酪，门铃突然响了。妈妈一脸困惑。

“这么一大早的，会是谁呢？”

“可能是扫烟囱的。”埃尔维斯说。这是他能想到的唯一可能。

“真的吗？”妈妈半信半疑地开了门。

紧接着，门口响起一声欢呼："不会吧，怎么是你！太好啦，欢迎欢迎！"

埃尔维斯的耳朵噌一下竖了起来。他站起身，偷偷从厨房向外望去。

门外站着的不是别人，而是丽莎！她微笑着行了个屈膝礼，头微微歪向一边。

"请问埃尔维斯在吗？"

"当然在。埃尔维斯！快出来！有人找你！"

不！这实在太过分了！埃尔维斯根本不认识她。既然是妈妈喜欢的小可爱，那妈妈自己去应付好了！

"我说小埃尔维斯，快出来呀！别难为情嘛！"

妈妈捂着嘴咯咯直笑，丽莎也跟着笑起来。这太可怕了。看来她们两个还挺有共同话题的。不，埃尔维斯坚决不要过去。他可受不了妈妈的"小可爱"。

"埃尔维斯！你跑哪儿去了，小家伙……你今天怎么突然害羞起来了？"

妈妈大剌剌地开起了玩笑。丽莎叽叽喳喳地说："我不想打扰你们的，我就是想问问埃尔维斯有没有丢东西。"

埃尔维斯的心脏在胸口剧烈跳动着。他眼睛一眨不眨地盯着门口。天哪！那个女孩手里拿的可不就是他的钱包嘛！外公送给他的钱包！女孩轻轻晃了晃，里面的硬币发出叮叮当当的响声。妈妈激动地握紧了双手。

“没错，这是埃尔维斯的东西！真是个马大哈！这个钱包是埃尔维斯的外公送给他的。谢谢亲爱的！你太可爱了！快进来吧！”

可丽莎不想打扰他们，她只是来送钱包的。

“一点儿也不打扰，小家伙！进来吧，我拿点儿好吃的点心给你尝尝。”

丽莎继续叽叽喳喳地说，那实在是太麻烦了，她马上就走。不管埃尔维斯妈妈怎么说，她都不能堂而皇之地接受。不行，她这就走。

埃尔维斯越听越气：她干吗要站在门口唧唧歪歪，就不能干干脆脆地转身就走吗？

丽莎和妈妈还在腻歪。那怎么行，她就是送个钱包过来，又不是大事。妈妈太客气了，她真的要走了……她就不进去了！

还有完没完！丽莎一再婉言谢绝，可她的口气里又透着委屈，就好像她不受欢迎一样。这当然是埃尔维斯的错。要是埃尔维斯表现得热情一些，丽莎就会欣然答应了。丽莎当然没有直说出来，不过在妈妈看来，情况就是这样。妈妈火冒三丈，嚷嚷起来：“埃尔维斯！你给我出来！小丽莎帮了你这么大一个忙，你呢，连句谢谢都还没说！”

“没关系的。”丽莎细声细气地说，“我走了。”

丽莎顺着台阶跑了下去，妈妈一直将她送到外面。埃尔维斯听见妈妈忙不迭地向她道歉，埋怨埃尔维斯不懂礼貌。

他不是不懂礼貌。他是生气！生丽莎的气！

妈妈拿着钱包回到家，用责备的目光盯着埃尔维斯。埃尔维斯知道，接下来必然是妈妈狂风暴雨般的数落和唠叨。妈妈现在已经摆出了一副蓄势待发的姿态。

不！他受够了这一切！埃尔维斯一句话不说，从妈妈身边跑了过去，冲出家门，跑下台阶，直接来到大街上。

丽莎去哪儿了？她究竟想要干什么？

他的钱包怎么会在她手上？

还有，她怎么会知道那是埃尔维斯的钱包？埃尔维斯急着想要知道答案。

丽莎必须一五一十地解释清楚！

埃尔维斯站在人行道上四下张望着，丽莎就像钻进土里了一样，瞬间消失得无影无踪。这么短的时间，她也跑不了多远吧？埃尔维斯这么想着，到处找了起来。

唉，没用，丽莎已经溜掉了。埃尔维斯不想回家，干脆一直走到铁路桥下面，顺着木楼梯爬了上去。他记得丽莎摔伤腿的那次，妈妈和希万阿姨送她回家。对，当时她们就是朝那个方向走的。埃尔维斯也往那里走去。顺着路一直找，总能找到丽莎家的。不过，埃尔维斯跑遍了大半个城市，仍然一无所获。最后，他只能作罢，垂头丧气地准备回家。

“打、亲、骂、爱！”

埃尔维斯的脑门上冷不丁被栗子砸了一下。

埃尔维斯抬头看了看，好在周围只有一棵巨大的栗子树，他很快就发现了罪魁祸首。丽莎就坐在栗子树上面，一副满不在乎的表情，还以为自己藏得很好呢！埃尔维斯怒气冲冲地跑了过去。

“下来！”他冲上面喊道。

丽莎摇了摇树枝，一大堆栗子噼里啪啦地掉落下来。

“打、亲、骂、爱！”

她这是在挑衅吗？埃尔维斯恨不得一把将她从树上揪下来。埃尔维斯气得火冒三丈。现在他总算知道是谁扔的烂李子了！

她脑子有问题吗？

“我到底哪儿得罪你了？”埃尔维斯扯开嗓门，冲树上质问道。

“你很快就会知道的！”丽莎的神情严肃极了，声音里充满了威胁的意味。她显然完全不害怕埃尔维斯。

“快下来！”

“你上来！”

“不。”

“你是胆小鬼吗？”

埃尔维斯根本不屑回答这种问题。无论丽莎说什么，他都不会爬到栗子树上面去的。他才不会被丽莎牵着鼻子走。她要是想说什么，就自己下来说好了。反正他是不会妥协的。

高大的栗子树在树丛中显得格外扎眼。树冠葱郁而浓密，让埃尔维斯想到了爷爷家的紫丁香凉棚。丽莎整个人几乎被树叶遮去了一大半。

“我走了！”埃尔维斯冲上面喊了一声，“老站在这儿，算是个什么事嘛！”

“等一下！”丽莎利索地从树上爬了下来，然后慢吞吞地走到他面前，“知道吗，我找你都找了好长时间了！”

埃尔维斯没吭声。

“你一见我就躲，和我说句话有那么难吗？”

丽莎的口吻充满了责备和愤怒，完全不是妈妈口中那个小可爱。

“我不就站在这儿嘛，你要说什么就说好了。”埃尔维斯的语气也不怎么友善。

“我就是想要知道真相！事情的真相！”

埃尔维斯不明白……什么真相？

丽莎一脸严肃地走来走去。她的脖子上戴着一根长长的项链，吊坠一直在领口里。她将吊坠从领口里拽了出来，在埃尔维斯眼前晃了晃。那是一只小小的骷髅头。

“真相？”她充满挑衅地说，“你还好意思问？！”

埃尔维斯瞥了一眼骷髅头吊坠。两根互相交叉的骨头有一种似曾相识的感觉……可他怎么都想不起来在哪里见过。埃尔维斯觉得很可笑，也不知该如何回答。丽莎瞪大眼睛，直勾勾地盯着他。

“为什么你要和老师说玻璃窗是你打碎的？”

什么？什么玻璃窗？她在说什么啊？

“学校！学校的玻璃窗！”

这样啊，埃尔维斯恍然大悟。

去年冬天的时候，老师有一次问全班同学，谁有勇气站出来承认错误。当时大家都没吭声，只有埃尔维斯站出来了。因为那段时间，他对妈妈撒了无数的谎，所以总觉得自己犯了大错。

事情的起因是，学校里的一扇窗玻璃被打碎了。老师本来想向大家征集线索的，没想到埃尔维斯一口承认了下来。是啊，埃尔维斯的确和老师说过，窗玻璃是他打碎的。怎么了？

埃尔维斯看着丽莎，她想让他说什么呢？

“这么说来，窗玻璃是你打碎的？”埃尔维斯问。

“我没这么说。你先回答我的问题！”

可埃尔维斯不想回答。他能怎么说呢？这种事情根本就没法解释嘛。至少和丽莎说不清楚。丽莎用异样的眼神打量着埃尔维斯，就好像他是只怪物一样。埃尔维斯被她看得浑身不自在，心里腾地升起一股无名火。

事情都过去这么久了，还提它做什么？

“假如说，当时是你打碎的窗玻璃，然后有人站出来说是他干的，你会怎么做呢？听说其他人承认了错误，你心里又是什么滋味呢？”

埃尔维斯哑口无言，他从没考虑过这一点。丽莎用严厉的目光盯着他。埃尔维斯突然意识到，他这么做，在某种意义上剥夺了其他人承认错误的机会。丽莎是这个意思吧？这么说来，他倒是能理解了……不过也许这就是他乱猜的，丽莎压根儿没这么想过。

“这算是帮忙吗？还是你觉得，自己是救世主？”丽莎咄咄逼人。

“我没……”埃尔维斯觉得很委屈。

丽莎低头看着脚底下，用鞋子在沙地上画起来。

“所以是你干的？”埃尔维斯问。

丽莎没吭声，只是埋头画着——不，确切说，她是在写字。或许她觉得，用写的方式更容易回答埃尔维斯的问题。埃尔维斯一个字一个字地努力辨认着，可怎么都看不明白她写的究竟是什么。

“我没想到打破窗玻璃的会是一个女生，我还以为是哪个男生干的呢。”埃尔维斯说。

“为什么？”

埃尔维斯不知道，他答不上来。这话说得的确挺傻的。不过埃尔维斯实在想不明白丽莎为什么要主动提起窗玻璃的事。就因为埃尔维斯主动背了黑锅，所以她觉得良心上过不去吗？还是说在她看来，顶替别人的埃尔维斯才应该心中有愧？

丽莎抬起头看着他。

“哼！我又没说是我干的！”

她的确没承认，可也没否认啊。他们两个相互对视着。丽莎有一双圆溜溜的大眼睛，当然也有可能是因为她的脸特别小，所以衬托出眼睛格外大。她的褐色头发剪得短短的，不像安娜罗萨那样留着长发，扎着羊角辫。总之她整个人看起来一副古灵精怪的模样，完全不是出现在妈妈面前的那个小可爱。现在的她好像还更讨人喜欢一些。埃尔维斯说不清自己对她究竟是一种怎样的感觉。丽莎往旁边挪了挪，向埃尔维斯展示自己在沙地上写的东西。

“你知道这是什么意思吗？”

埃尔维斯一个字一个字地读出来：打、亲、骂、爱？不，他不知道。

“什么意思？”他问。

“你自己想吧！拜拜！”

丽莎跑开了。埃尔维斯转身往家走去。

一只栗子嗖一声飞了过来。

“那意思是：打是亲，骂是爱[①]。打、亲、骂、爱！”

埃尔维斯拔脚就跑，连头都不敢回。他的脑袋嗡嗡直响，一张脸涨得通红。丽莎还在他身后起着哄：打、亲、骂、爱！打、亲、骂、爱！打、亲、骂、爱！那些字一直萦绕在他耳边。

---

① 原文系瑞典谚语，大意为：小孩子间的打打闹闹，甚至互相掐一下，都是互相喜欢的表现。中译文做了转译处理。——译者注

9 和托尔斯滕一起的日子

“你愿意的话，我可以想出好多好多问题！”埃尔维斯对托尔斯滕说。

托尔斯滕有些心不在焉，他说自己还没完全恢复。医生来过了，和奶奶谈了谈他的病情，以及后续的治疗方案。看样子，他的病还要治上相当长的一段时间。

不过托尔斯滕看着完全没有病恹恹的样子，而且也不需要再卧床休息了。只要身体允许——按照他自己的话说，就是只要还撑得住，他想活动多久都行。有的时候，托尔斯滕能撑上好久。

“你觉得你能撑一天吗？”埃尔维斯问。

“可以吧，只要我……”

这天早上，埃尔维斯从汽车上下来的时候，刚好和医生打了个照面。医生正准备开车回去，看到埃尔维斯后，他主动走过来，看了看他带来的珊瑚蕨。托尔斯滕答应在下星期六村里的拍卖会上帮埃尔维斯卖掉。医生说，埃尔维斯花盆里的土略厚了些，托尔斯滕的土加得不多不少，正好。

医生人很好。他说，等下次见到埃尔维斯，他们可以多聊一会儿。他也希望埃尔维斯能多过来陪陪托尔斯滕。埃尔维斯一口答应下来。不过他们都把妈妈忘了，妈妈可不希望放埃尔维斯走。

医生说，他会和埃尔维斯的妈妈说的。这样一来，埃尔维斯就放心多了。妈妈总是特别听医生的话。

“我是一个提问者，而你更像是一个回答者。”埃尔维斯说道。

“有的时候，问题比答案更有趣。”托尔斯滕一脸若有所思。

他们面对面趴在草地上。眼前仿佛是一个微观世界，各种各样的小昆虫在草叶间爬着，跳着，发出窸窸窣窣的响声，花儿迎风招展，互相点头致意。只有距离足够近，才能看见这些美妙的细节。

“也会反过来的对吧？”埃尔维斯说，“答案有时比问题更有趣。”

当然会。不过托尔斯滕也喜欢提问，而不仅仅只是回答别人的问题。他既想当一个提问者，又想当一个回答者。

埃尔维斯也是一样，不过他总想不到好的答案。

“你当然能想出来。”托尔斯滕说，“只不过你自己没发现罢了。”

托尔斯滕说，有的时候，同一个问题会有许多不同的答案。

“什么？你的意思是，答案会比问题多？”

埃尔维斯一脸惊讶，托尔斯滕认真思考起来。

“应该不会。这个世界上的问题应该和答案一样多才对。”

这就奇怪了。埃尔维斯琢磨起来，会不会同时存在另一种情况？不同的问题都有同样的答案？

“这样一来就扯平了，对吧？”他问。

没错，就是这样。托尔斯滕说，世界上的一切都存在着某种平衡。只不过有时候，这种平衡藏得很隐蔽，不容易发现罢了。

“那我们该怎么去找呢？”

这个问题，托尔斯滕没法回答。埃尔维斯得自己设法想明白。他必须随时睁大眼睛，张大耳朵，保持所有感官的敏锐和警觉，不然很容易就忽略了。

“这样啊……”埃尔维斯默默记在心里。他翻了个身，仰面望向天空。天空一片蔚蓝，一片云也没有。两只白蝴蝶翩然扇动翅膀，越飞越高。它们的身体是那么娇小，那么轻盈，一定能漫无边际地尽情徜徉。埃尔维斯睁大眼睛，一眨不眨地盯着它们，他的其他感官也被调动起来。有那么一瞬间，他觉得自己仿佛长出了翅膀，跟随蝴蝶飞呀飞呀……

埃尔维斯躺在草地上，感到前所未有的轻松……这一定就是托尔斯滕所谓找到平衡的感觉吧。

埃尔维斯又翻了个身，回到草丛中的微观世界。他脑海中冒出一个新的问题："这片草地上一共有多少根青草？你能数得清吗？"

托尔斯滕立刻来了精神。他一骨碌坐起来，向四周望了望。

"这个嘛……首先得搞清楚哪些算是青草。这里有不少花花草草，我们得把不属于青草的那些排除掉。然后我们可以划出一块一米见方的草地，数一数其中有多少根青草，最后算出整片草地总共有多少平方米，乘以刚才的数字，就能得到答案。明白了吗？"

埃尔维斯听明白了。这真是个不错的方法。见托尔斯滕饶有兴趣地陷入了思考，埃尔维斯也赶紧站起身来。

"我去把奶奶的卷尺拿来，我们现在就开始量！"

不过托尔斯滕说，他并不打算实际操作。利用这个方法，他们只能得出一个大概的结果。

"如果我们想要一个准确的数字，就得把这片草地上的青草一根一根数出来。"托尔斯滕解释说，"那太麻烦了，我们也没那么多时间。”

真可惜，不过埃尔维斯表示理解。再说，就在他们数的同时，草地上又会不断长出新的青草，这样就永远都数不完了。

这么一想也挺奇妙的。所以草地上究竟有多少根青草，其实谁都不知道。

“大概的数字还是算得出来的，那也不错。”托尔斯滕说。他不想继续在这个问题上纠缠下去了。

托尔斯滕问埃尔维斯，上次究竟发生了什么事，他在电话里怎么都不肯说。

“你答应过我，见面的时候再告诉我。你当时的口气怪怪的。”托尔斯滕说。埃尔维斯想起来了。那天，埃尔维斯·普雷斯利死了，他不想让妈妈知道这个消息，所以在电话里吞吞吐吐的。他把事情原原本本告诉了托尔斯滕，外公和真正的埃尔维斯相继离开，妈妈伤心极了。

“他们两个都死了，所以现在妈妈只有我了！”

“只有？怎么感觉你像是被挑剩下的一样。”

埃尔维斯也觉得，妈妈这么说有点儿不公平。他和托尔斯滕就这个话题聊了聊。他们一致认为，最伤人的时候莫过于，在某些人面前，觉得自己一无是处。托尔斯滕对此深有体会。他说，只有和爷爷奶奶在一起，他才能真正意识到自己的价值。

“不过这种好日子不多了。”托尔斯滕淡淡地说了一句，脸上突然浮现出悲伤的神色。

怎么了？他这话什么意思？

“你又要搬家吗？你不是他们的孩子吗？”

是啊，他是他们的孩子，这没错。他也没有搬家的打算。正如托尔斯滕之前和埃尔维斯说的那样，他这辈子都会住在这里。

“只是我享受不了多久了……”

他自嘲地笑起来，顺手扯下了一根青草。

“风儿吹，树儿摇，小鸟当空叫！”他一边哼着歌，一边又扯下几根青草。

埃尔维斯的情绪也高昂了起来。他在草地上跑来跑去，学着托尔斯滕的样子，也扯了几根青草下来。

“风儿吹，树儿摇，小鸟当空叫！花儿对我笑！”

托尔斯滕和埃尔维斯一起跑了起来。最后，他俩都筋疲力尽地倒在草地上。

周围突然安静了下来。托尔斯滕刚才说什么来着？埃尔维斯的脑海中浮现出一个巨大的问号。他有些迷惑，又不敢开口问。托尔斯滕也没再提。

“这是小糠草，它抽穗的时候顶上紫红紫红的，所以又叫红顶草。”托尔斯滕换了个话题。

埃尔维斯点点头，爷爷告诉过他。

他们站起身，继续往前走，一直走到大路上。

“我们得找点儿事情做！”托尔斯滕来了精神，他突然心血来潮地想要弄个恶作剧。埃尔维斯一听也来了劲，不过他实在想不出什么好主意。

“我们去找找灵感！”托尔斯滕说，“走吧！”

他们来到村子里，村里依然是一片宁静祥和的景象，并没有什么新鲜事儿。埃尔维斯和托尔斯滕只好继续往前走。他们一人拿着一根树枝在地上敲敲打打，一边蹦蹦跳跳，一边东张西望。

他们很快来到了教堂墓园。埃尔维斯想要折返回去，他说墓园没什么好看的，可托尔斯滕停下了脚步。

“约翰就葬在这里吧？”

“是啊，可我们今天又不去看约翰。”

托尔斯滕只是很好奇而已。埃尔维斯记得，第一次见面的时候，他曾给托尔斯滕看过约翰的墓碑。那次托尔斯滕的态度很不友好，他说，所有住在乡下的孩子都是小乡巴佬，所以约翰也是一个小乡巴佬。不过那是很久以前的事了，当时他们还不是朋友。

这时，托尔斯滕突然看见一头走散了的奶牛。教堂对面的牧场里有好多头奶牛，走散的这头孤零零地站在路边吃草。它时不时抬头张望一下，发出哞哞的叫声，它牧场里的同伴们也都在哞哞叫着。

牧场的围栏很矮，奶牛肯定是稀里糊涂地跳出来的。它一脸茫然，显然不知道自己为什么落了单。

托尔斯滕朝奶牛走去。

“我们得把它赶回牧场。”

“我看还是去找它的主人比较保险。”埃尔维斯提议。

不用，托尔斯滕一个人就行，他对付奶牛很有一套。

奶牛远远地站着，好奇地打量着他们。就在这时，路尽头突然出现了一辆大卡车。附近一个人都没有。卡车吭哧吭哧地朝这里驶来，上面装满了沉甸甸的木头。奶牛受了惊，焦躁不安起来。它先是冲埃尔维斯和托尔斯滕跑了过来，然后突然一个转弯，朝着卡车全速奔过去。托尔斯滕和埃尔维斯赶紧追了上去，真要撞上去了，后果不堪设想。

奶牛又转了个弯，在路中央来回晃悠了几圈，然后向着埃尔维斯冲过来。

“还好我们没有奶牛恐惧症！”托尔斯滕一边说一边晃了晃手里的树枝，“反正我是不怕的！”

“我也不怕！”埃尔维斯喊了一句。

换作是平时，他肯定是不怕的。一头慢吞吞走路慢吞吞吃草的奶牛能吓唬谁呢？不过，一头发疯狂奔的奶牛就是另外一回事了。眼下的情况也由不得他害怕了。因为路的另一头又出现了一辆汽车，朝着卡车迎面驶去。奶牛慌了神儿，又将目标对准了汽车。卡车吭哧吭哧地往前开，汽车嘀嘀摁着喇叭。

牧场里的其他奶牛显然也吓坏了，哞哞叫个不停。

埃尔维斯和托尔斯滕就站在教堂墓园的正前方。托尔斯滕大声命令埃尔维斯打开路边的栅栏门。埃尔维斯照做了。他不知道托尔斯滕用了什么办法，不过最后关头，就在汽车和卡车交错而过的一刹那，奶牛被赶进了栅栏门，一头冲进墓园。

汽车继续向前驶去，卡车朝着相反的方向开走了。

奶牛得救了。埃尔维斯关上栅栏门，他们两个都松了口气。

刚才真是有惊无险的一幕。现在的问题是，该如何把奶牛赶回原来的牧场。

“我们现在总可以去找它的主人了吧？”埃尔维斯说。

根本没必要麻烦它的主人，托尔斯滕很清楚如何对付奶牛。没问题的！再说了，奶牛现在已经平静下来，正站在石子路上，瞪着眼睛打量他俩。埃尔维斯和托尔斯滕小心翼翼地走了过去。

托尔斯滕说，他要给埃尔维斯露一手，向他演示如何博得奶牛的信任。托尔斯滕慢慢靠近奶牛，猫着腰，牢牢盯住它的眼睛，大口大口地做着深呼吸，发出呼哧呼哧的声音。他说，这样做能够安抚奶牛的情绪。

埃尔维斯有样学样。他们从两侧包抄过去，一边做着深呼吸，一边小心翼翼地往前走。他们越走越近，奶牛始终静静地瞪着他俩，站在原地一动不动。到目前为止，他们的计划似乎实施得挺顺利。

可是！就在他们快要靠近奶牛身边时，奶牛突然一抬脚跑了起来！它先是沿着石子路跑出了一段，然后转了个弯，在墓碑中间横冲直撞起来。

“我们赶快去找它的主人吧！”埃尔维斯急得直嚷嚷。

可托尔斯滕说什么都不肯罢休。他难得经历这么刺激的一幕，而且又没有生命危险。奶牛又一次回到了石子路上。埃尔维斯和托尔斯滕试着将它往外赶，可无济于事。他们只好和奶牛在墓地里玩起了捉迷藏。最后，奶牛突然停了下来，冲着他们哞哞直叫。

埃尔维斯和托尔斯滕按照刚才的办法，猫着腰，喘着粗气，一步一步走了过去。眼看就要成功了！奶牛依旧一动不动地站着。他们的脚步越来越轻，就快到了！这时，奶牛不紧不慢地抬起头，一脸严肃地看着他们，然后撒了一大泡尿，把地上浇了个透湿。奶牛撒完尿，得意地甩了甩尾巴，一脸轻松自在。

埃尔维斯和托尔斯滕你看看我，我看看你，忍不住笑起来。他们笑得前仰后合，上气不接下气，完全没留意周围的动静。他们只顾着哈哈大笑，笑得肚子都痛了。

一群人正气急败坏地沿石子路赶过来。

为首的是奶牛的主人，他手里还拿着绳子和笼头。跟在后面的是几个神情严肃的老太太。奶牛的主人紧走几步，拍了拍奶牛的背，奶牛立刻温顺地跟着走了。自始至终，奶牛的主人都没有正眼瞧过埃尔维斯和托尔斯滕。不过那几个老太太就不一样了。她们从头到脚地打量着他俩，脸上写满了鄙夷。一个老太太走上前来，拉着他们的胳膊晃了晃。先是托尔斯滕，再是埃尔维斯。

“真是两个没规矩的混小子！这是你们撒野的地方吗？”

很显然，大家都以为，他俩连哄带骗把奶牛引出了牧场，又赶到墓园里，就为了图个乐子。埃尔维斯和托尔斯滕怎么解释都没用。几个老太太根本听不进去，只觉得他俩在撒谎。

一个老太太主动站出来说，她可以做证。她亲耳听见埃尔维斯和托尔斯滕密谋这个计划来着。当时她恰好骑车从埃尔维斯爷爷奶奶家外面经过，听得一清二楚，这两个混小子想要弄个恶作剧，还特意跑到外面找灵感。

“这一点，你们不否认吧？”

他们确实不能否认。埃尔维斯和托尔斯滕的确商量过想要弄个恶作剧，不过后来也就不了了之了。

“不了了之？那这算是什么？”

他们两个哑口无言。反正他们再怎么辩解，别人都不会相信的。

事实已经很清楚了。不过最恶劣的是，他们两个居然站在墓园里，笑得肆无忌惮。这种行为绝对不可饶恕。他们难道不明白吗？

不明白……这有什么问题吗？发生了可笑的事，难道不该笑吗？

“反正在我的墓地上，别人想怎么笑就怎么笑。”托尔斯滕大大方方地说。

“我的也是！”埃尔维斯说。

就这么决定了！几个老太太恼羞成怒。

“别啰嗦，赶紧收拾收拾走人！”

几个老太太扬言说，她们一定要把这件事告诉爷爷奶奶，然后好好教训他俩一顿，让这两个混小子长点记性！

“行吧，行吧。”托尔斯滕一副无所谓的样子，“我们记住就是了。”

“你这小子可真没羞没臊！”

那个站出来“做证”的老太太冲托尔斯滕来了一句。她轻蔑地说，爷爷奶奶把托尔斯滕这样的野孩子带回家，纯属给自己找麻烦。

埃尔维斯和托尔斯滕本来已经走了，可听到那个老太太的话，埃尔维斯心里的火噌一下就冒起来了。他忍不住转过身去冲那个老太太嚷嚷道：“还不知道是谁没羞没臊呢！”

然后他们就跑掉了。

他们直接回了家，把事情的经过原原本本地告诉了爷爷奶奶，好让他们知道究竟是怎么一回事。那些老太太肯定会上门告状的。

“没关系的，”奶奶微笑着说，“她们爱怎么说就怎么说好了。我们知道怎么应付。”

爷爷奶奶饶有趣味地听完了整个故事。听说奶牛最后撒了泡尿，他们两个都笑了起来，爷爷笑得尤其厉害。

“这不能赖你们，是奶牛自己没憋住……”爷爷看了奶奶一眼，“你说呢？”

没错。奶奶的看法和爷爷一样。爷爷又笑了起来。埃尔维斯留意到，说起这类话题的时候，爷爷看奶奶的眼神都会不一样。奶奶往往比较害羞，爷爷则喜欢起哄。

不过爷爷奶奶都觉得，在教堂墓园里放声大笑并不是什么不可饶恕的行为。他们也希望自己未来的墓地上能多一些欢声笑语，不然就太凄惨了。

托尔斯滕住进约翰以前的房间，就睡在约翰的床上。埃尔维斯也睡在里面，奶奶给他支了张床，就靠在托尔斯滕旁边。

他们躺在各自的床上，聊起托尔斯滕在做的自然笔记。那里面记录了关于大自然的各种思考。其中一些现象必须通过仔细观察才能发现，不过一般人都懒得动脑筋去琢磨。托尔斯滕说，埃尔维斯愿意的话，也可以帮着一起写。

他们正在讨论的问题是：沙粒什么时候会变成石头？最小的石头有多小？最大的沙粒又有多大？这些都由谁说了算？人还是蚂蚁？因为在蚂蚁眼里，普普通通的一颗小石头就是一座大山。人们总以为自己懂得最多，可其实，人和蚂蚁说得都没错。

托尔斯滕睡着了，埃尔维斯听见他发出均匀的呼吸声。今天真是愉快的一天，又好玩又刺激。埃尔维斯想，自己永远不会忘记这一天。不过与此同时，他意识到自己已经忘记了一些事，一些他想不明白的事。

当时，他俩躺在草地上……

托尔斯滕具体说了什么，埃尔维斯已经不记得了，他也没

搞懂那句话是什么意思。埃尔维斯确实听见了每一个字，可没往心里去。那些话轻飘飘的，仿佛被风吹走了一样，只留下一种感觉，一种让他心痛的感觉，怎么都挥之不去。

埃尔维斯竖起耳朵听了听托尔斯滕的呼吸，托尔斯滕睡得很沉。

埃尔维斯轻轻下了床，蹑手蹑脚地走出房间。他得找爷爷问个清楚。可爷爷不在，家里只有奶奶。

奶奶坐在阳光房里，望着夜色出神。她有时会一个人慵懒地待着，思考一些问题。

“过来！”奶奶张开双臂，让埃尔维斯爬到她的膝盖上。

有好一会儿，他们两个什么都没说。不过埃尔维斯能感觉到，他和奶奶想的是同一个问题。

“托尔斯滕什么时候能好起来，奶奶？”

“我不知道，小埃尔维斯。”

“不过他是会好起来的，对吧？”

奶奶在回答前有过一秒的犹豫，虽然短暂，可还是被埃尔维斯敏锐地捕捉到了。他不安地看着奶奶。

“我们也不知道……这不好说……托尔斯滕对你说了什么吗？”

是的。埃尔维斯点点头。可他不记得了……或者说，他没听懂……

“他以后都会这么病着吗？”

“倒不会……”奶奶停顿了一下，然后直视着埃尔维斯的眼睛。埃尔维斯也看着她。“他不会一直病着。如果能治好的话，他就彻底好了。如果治不好的话……”奶奶说不下去了，她牵起埃尔维斯的手，“你要知道，埃尔维斯，托尔斯滕和约翰得的是同一种病。”

她紧紧握住埃尔维斯的手，好像永远也不舍得松开一样。

“约翰不是死了吗？”埃尔维斯小声说。

“是的，可那是好多年以前的事了。现在的医学更加发达，医生知道的也更多了。所以一切还都是个未知数。”

奶奶完全把埃尔维斯当作一个大人看待，这让他觉得释然了不少。这么说来，托尔斯滕的病也不是那么令人绝望嘛。

“无论结果如何，我们必须全力以赴。我们得帮助托尔斯滕。”

“是啊……那有希望吗？”埃尔维斯问。

奶奶点点头。如果大家都能互助互爱，生活就充满了希望。她说，托尔斯滕也帮过她的忙。

“是吗？”

“是啊，你知道吗……”奶奶沉思了片刻，然后告诉埃尔维斯，托尔斯滕让她了解到约翰离开之前的感受。那时奶奶做得很糟糕。她太自私了，只顾着自己伤心难过，根本没帮到约翰。现在不同了，托尔斯滕才是最重要的。无论是长是短，他的生命都值得被珍惜，被呵护。

“你明白我说的意思吗，埃尔维斯？”

埃尔维斯当然明白。他将头靠在奶奶的肩膀上。奶奶摸了摸他的头发，然后说了一段让他难忘的话。

“外公去世的时候，你妈妈做得要好得多，埃尔维斯。她表现得很坚强，真真正正帮到了外公。”

埃尔维斯的心里暖暖的。他在感到难过的同时，又有着无比的自豪。他喜欢奶奶对妈妈的评价。不过他并不认为奶奶就是自私的人。

“你不知道，埃尔维斯，我当时真的很自私。”

他们两个头靠着头，默默坐了好一会儿。

埃尔维斯感到内心无比平静，但周围的一切仿佛都是那么遥远和模糊，就好像隔着窗玻璃一样，暂时无法企及。总有一天，它们会穿过玻璃，和他的心灵产生共鸣。

埃尔维斯站起身，准备回到托尔斯滕身边。奶奶仍然坐在沙发上。

“要我陪你进去吗？”

“不用了，我一个人能行。”

“我们要有信心，埃尔维斯。我们要相信，托尔斯滕会好起来的。”

埃尔维斯轻轻关上了门，蹑手蹑脚地上了床。他静静地躺着，可怎么都听不见托尔斯滕的呼吸声。

托尔斯滕已经醒了，从床上坐了起来。

“你刚才出去尿尿了吗？”

“没有，我和奶奶说话来着。”

托尔斯滕坐在自己的床上，在黑暗中努力辨认着埃尔维斯的轮廓。他们两个沉默了许久。埃尔维斯几乎不敢呼吸，只觉得嗓子干涩得难受。

“你知道吗……”托尔斯滕压低了嗓门说道，“我以前住过的一个地方，家里特别特别挤。”

“嗯。”

“我们得两个人睡一张床，就那么紧紧地挨在一起。你和别人睡过一张床吗？”

没有，埃尔维斯都是自己一个人睡一张床。偶尔他觉得孤单害怕的时候，也和妈妈一起睡过。不过妈妈很不乐意，每次都会转过身去背对着他。

“我觉得那种感觉很温馨。”托尔斯滕小声说了一句。

“哦……”

他们又陷入了沉默。托尔斯滕坐在床上向四周看了看，始终没有再开口。过了一会儿，他又躺了下来。

埃尔维斯的心怦怦直跳。托尔斯滕在想什么？为什么会突然说起这件事？

“两个人得是兄弟姐妹，才能睡同一张床吧？”埃尔维斯突然问了一句。

“也不一定吧……不用非得是兄弟姐妹才行。”

埃尔维斯仰面躺着，默默想了一会儿，然后一骨碌翻身下来，从地板上走了过去，然后爬到托尔斯滕的身边。

“你的床比我的宽多了……”

托尔斯滕将身体紧紧贴住墙边，轻轻笑了起来。

“这样，我们就可以放心地说悄悄话啦。你以前有没有想过要是有个弟弟妹妹就好了？”

“想过，你呢？”

10 一只大红苹果

奇怪的妈妈，不可理喻的妈妈。

埃尔维斯偷偷瞥了她一眼。妈妈在厨房里走来走去，嘴里唠叨个不停。她把自己的想法一股脑儿全都说了出来。

“疯了！简直是疯了！他们已经经历过一次这样的事，应该很清楚这有多可怕！”

妈妈口中的“他们”，指的是爷爷和奶奶。她听说了托尔斯滕的情况，知道他和约翰得了一样的病，所以托尔斯滕可能也会死。妈妈认为，爷爷奶奶既然知情，就不应该把托尔斯滕接到家里来。这个决定不仅愚蠢，而且根本没必要。爸爸刚替爷爷奶奶说了两句话，结果妈妈更生气了。

“他们挺喜欢那个孩子的。”爸爸说。

“我就是想不通，他们干吗让自己再遭一次罪！没必要，真的没必要！可以把他送到医院去嘛！”

外公生病的时候，妈妈是那么温柔体贴，那么充满爱心！现在她的口气却如此强硬。埃尔维斯想起了奶奶说过的话，爸爸也这么说过："外公去世的时候，妈妈表现得很坚强，真真正正帮到了外公。"

奶奶说，因为妈妈全心全意为外公着想，没有自怨自艾。

不过埃尔维斯知道，外公去世后，妈妈越想越觉得自己可怜。就算是这样，她也应该能理解托尔斯滕的处境，而不是一味将他孤立起来。

"我说不行就是不行！埃尔维斯跟着瞎掺和，对他一点儿好处都没有！再说，家里的伤心事已经够多的了！"

埃尔维斯和爸爸怎么解释都没用，妈妈固执地坚持自己的看法。在她看来，埃尔维斯根本没有发言权，确切地说，他应该完全置身事外才对。要是妈妈早知道情况会是这样，她根本不会允许埃尔维斯去乡下的。奶奶也是老糊涂了，和埃尔维斯说这些干什么。妈妈一直都在努力保护埃尔维斯，不让他受到半点儿伤害和痛苦！她甚至不忍心将约翰夭折的事实告诉埃尔维斯，虽然那都是好多年前的事了。

"这种事就不该和孩子说！"妈妈冲爸爸嚷嚷。

"现在已经都这样了……"爸爸的语气颇为无奈，他完全插不上话。

“所以你就无所谓了是吗？现在可是暑假，我不准任何人毁了埃尔维斯的暑假！他应该过得开开心心、无忧无虑的！”

“我在乡下过得挺开心的，妈妈！”埃尔维斯争辩道，“托尔斯滕可有意思了。”

“你给我闭嘴，埃尔维斯！你懂什么！”妈妈叹了口气，语气又缓和下来，“唉，小可怜，妈妈的小宝贝，妈妈可不想让你遭这份罪！”

妈妈握紧了双手。她得让家里的气氛更热闹点儿才行，免得埃尔维斯胡思乱想，被这些倒霉事弄得心烦意乱！

埃尔维斯跑开了，他不想再听下去。只要妈妈觉得自己占着理，谁劝都没用。唯一的希望就是让医生打电话过来，或许妈妈还能改变想法。不过现在，埃尔维斯也不确定了。妈妈没准儿三下两下就把医生打发了。

最糟糕的是，妈妈之所以想方设法把埃尔维斯留在城里，还有一个重要原因。

那个丽莎！

丽莎似乎理所当然地认为埃尔维斯就应该和她在一起。她没事就上门来找埃尔维斯，妈妈因此喜出望外。

“埃尔维斯现在有小女朋友了！”妈妈和电话阿姨们嚼舌根。

埃尔维斯恨不得挖一个地洞钻进去。妈妈觉得埃尔维斯只是难为情而已，所以才总是躲着她。

“其实谁都看得出来，他心里偷着乐呢。这孩子……”妈妈一边说一边嘻嘻笑，“他们两个在一起还挺般配的……”

妈妈第一眼见到丽莎的时候，就有一种特别的感觉。这个女孩可不一般！

这和妈妈的第六感无关。她周围也有不少的孩子，不过丽莎绝对是个人见人爱的小可爱！

这回妈妈可就大错特错了。要是了解事情的真相，妈妈还不知道会怎么想呢！埃尔维斯不打算告诉妈妈，不过他很确定，那两封匿名信——包括妈妈觉得可怕的那一封——都是丽莎写的，都出自于妈妈心目中的小可爱之手！

其实应该让妈妈知道的！妈妈对自己的判断很有信心，她觉得匿名信绝对不是恶作剧，背后一定有人捣鬼。毫无疑问！写这种信的人一肚子坏水，净动坏脑筋。为了保护她的小埃尔维斯，妈妈和希万阿姨乔装打扮，信心十足地去抓坏蛋。结果呢，坏蛋根本没出现。

妈妈和希万阿姨倒也不算空手而归，她们碰见了可怜的小丽莎。丽莎在推自行车过铁路桥的时候摔伤了腿，哭得那么伤心，妈妈和希万阿姨好好安慰了她一番，给她买了冰激凌，还送她回家。小丽莎千恩万谢，真是个懂事的小家伙！

妈妈应该知道……

其实，知道真相对妈妈是有好处的。不过埃尔维斯下定决心，暂时保持沉默。丽莎在妈妈面前表现得听话又乖巧，比他对妈妈的态度好多了。丽莎喜欢妈妈，他不想破坏了这一切。再说，埃尔维斯并不觉得匿名信有多可怕。

妈妈告诉埃尔维斯，丽莎是“离异家庭的孩子”，妈妈的口气中透着沉重的悲伤和怜悯。不过她忘了，就在不久前，埃尔维斯也差一点儿成为“离异家庭的孩子”。

丽莎大部分时间都和爸爸生活在一起。她不喜欢她的妈妈，因为妈妈“讨厌”她。

“莫名其妙，”妈妈说，“谁会讨厌自己的孩子呢！”

这些话，丽莎只会告诉妈妈，而从不当着埃尔维斯的面说。就算说了，埃尔维斯也不会听的，他对丽莎没兴趣。

丽莎每天都会到家里来。她会先按按门铃，等妈妈开了门后，再礼貌地询问埃尔维斯在不在。不过埃尔维斯总是趁她来之前就先溜出去。丽莎于是提出带塞桑出门遛弯儿，妈妈当然欣然答应，有时候她自己也会跟着去。她们两个会带着塞桑一起在外面兜上一大圈。

然后，等埃尔维斯回家的时候，丽莎已经和妈妈坐在家里等他了。她们想和他玩飞行棋。有的时候，埃尔维斯也会答应，然后暗暗较劲一定要赢下这一盘。埃尔维斯会在心里认真琢磨应该走哪一枚棋子合适，然后全神贯注地布局，将妈妈和丽莎杀得片甲不留。

一般来说，妈妈都是希望埃尔维斯赢的。可是有丽莎在场，她反而不知道该怎么办了。当然埃尔维斯能赢，她也很高兴。不过她同样希望她的小可爱能赢，因为小可爱输的时候，那样子实在太楚楚可怜了。她大大的眼睛里噙满了泪水，弄得妈妈手足无措。现在不能指望埃尔维斯帮忙了，他正顾着自己赢呢，而且埃尔维斯的水平的确更高一些。所以只要是和她们玩飞行棋的时候，埃尔维斯总会显得气势汹汹。

一天，丽莎来家里问埃尔维斯愿不愿意跟她去参加一场活动。丽莎没直接问埃尔维斯，而是征求妈妈的意见。妈妈当然说愿意。不过埃尔维斯不乐意，他不想和丽莎一起参加活动。

丽莎的眼睛里闪着泪花。她站在那里，脑袋微微侧向一边，一脸无辜和难过的表情。妈妈的心在滴血，她将埃尔维斯拉到一旁，严厉地教训他说，不许表现得这么无礼。丽莎亲自过来邀请他参加活动，那么诚恳，那么期待，可他呢，还推三阻四地不高兴！

“你必须去参加活动，我才不管你乐不乐意！有什么意见以后再说！”

埃尔维斯没吭声，憋了一肚子气。

“我们可以吃冰激凌蛋糕，”丽莎细声细气地说，“上面有奶油和巧克力酱。我们还能得到金色的小星星和闪亮亮的小天使。”

小天使？埃尔维斯愣了一下。他也不想要小天使。

“你听到没有，还有冰激凌蛋糕呢，埃尔维斯！你还记得自己上次吃是什么时候吗？”妈妈激动地叫起来。

埃尔维斯不记得了。他也不在乎。妈妈怒气冲冲地瞪了他一眼。埃尔维斯叹了口气，最终还是投降了。

丽莎每个星期天都要去教堂，她提到的活动就是教堂的活动。

“你就看在小天使和冰激凌蛋糕的分儿上嘛。”丽莎安慰他。

至于其他内容，埃尔维斯完全不用太当真。他可以跟着唱两句，等大家做祷告的时候，装出虔诚严肃的模样。不过祷告的部分应该不会很多，毕竟那天以活动为主。

丽莎和他单独在一起的时候，显得可爱多了。她一点儿也不装腔作势。不过埃尔维斯对她还是喜欢不起来。

举办活动的地点不在教堂，而设在一幢大房子里。里面来了好多小朋友，还有一位特别和蔼慈祥的老师。老师总是笑眯眯的，哪怕闭上眼睛祷告时都在笑。

丽莎一脸失望。她悄悄告诉埃尔维斯，这不是平时的老师，就是一个普普通通的阿姨而已。

“可惜，真可惜……”丽莎不耐烦地摇了摇头。

可埃尔维斯怎么都无法将目光从老师的脸上移开。她的笑容仿佛在一瞬间定格，没有丝毫变化。埃尔维斯忍不住想，如果抹去那一丝微笑，她长得会是什么模样。

活动一开始是例行的仪式。老师为大家讲述了古老的《圣经》故事，为了拯救人类，上帝不惜牺牲了自己的孩子——耶稣的性命。这是一个悲伤的故事，可老师的脸上始终挂着微笑，就好像在肯定和赞美上帝的做法一样。

那其他的爸爸妈妈呢？他们会愿意牺牲自己孩子的性命吗？孩子们呢？他们会因为某个目的而牺牲自己爸爸妈妈的性命吗？

肯定不会。埃尔维斯一点儿也不喜欢老师讲的故事，这里面破绽百出，根本经不起推敲。不过为了冰激凌蛋糕，埃尔维斯决定保持沉默。

接着，他们唱起了《耶稣爱所有孩子》的颂歌。埃尔维斯虽然心里不信，但还是跟着唱了。耶稣总不见得每个孩子都认识吧？所以要说爱所有的孩子，他肯定是做不到的。埃尔维斯侧过头，不想让老师看见自己不屑的表情。不过丽莎唱得很认真。

这些活动是在室内进行的，之后的活动场地则在花园里。孩子们撒着欢儿，在草地上跳着，跑着。不过正当大家在兴头上时，老师突然说，他们得小心保护草地，不要随意践踏破坏，因为上帝熟悉这里的每一根青草。

听到这话，埃尔维斯再也忍不住了，他必须站出来表示反对。关于这一点，他可是有真凭实据的。不久前，他和托尔斯滕刚讨论过这个问题。埃尔维斯把自己的想法一五一十说了出来：上帝不可能数得清这片草地上有多少根青草，他顶多能算出个大概数量。不过世界上有无数的草地，上帝恐怕自己的都记不清楚。

老师一边听埃尔维斯解释，一边频频点头，就好像一只发条娃娃。她依然带着和善的微笑，用温柔却坚定的口吻说："这点儿小事可难不倒上帝！"

"不可能！"埃尔维斯脱口而出，"不光我们眼前的这些，还有好多新长出的青草，他根本就数不过来！"

所有孩子都安静了下来。这时一个小男孩站了出来，提出了自己的看法："上帝说不定有个计算器，或是一台电脑。"

老师微笑着摇了摇头。

"上帝不需要计算器或电脑。"

“托尔斯滕也不需要！”埃尔维斯说。“他能算出一只雪球里总共有多少片雪花。而且数字还很精确。可是连他都不想数一片草地上总共有多少根青草。他觉得没有意义。”

“你不应该把上帝和你提到的那个男孩做比较。”老师依然保持着不变的笑容，“在这个世界上，没有什么能瞒过他的眼睛，没有什么能逃过他的耳朵。他无所不知，无所不能。好了。这个话题到此为止！大家开始玩吧！”

埃尔维斯还想说点儿什么，可丽莎推了推他，冲他使了个眼色。埃尔维斯明白丽莎的意思，硬生生闭上了嘴。但愿冰激凌蛋糕早点儿端上来，不然他迟早要爆发。埃尔维斯隐约有种不祥的预感。

“冰激凌蛋糕要到最后才上呢。”丽莎担忧地说，“一般都要先玩游戏的。”

什么游戏？埃尔维斯紧张了起来。游戏可没什么好玩的。早知道是这样，他才不要跟来呢。

老师挎着一大篮苹果走了过来。

“我们先从一只小苹果开始吧。”她边说边开始分发苹果，脸上仍然挂着微笑。

孩子们乖乖地排好队，等着老师走到自己面前。站在最前面的两个孩子已经拿到了苹果。

这时，埃尔维斯突然有了一个重大的发现！

就在篮子中间，有一只又大又红又圆的苹果！

埃尔维斯从没见过这么漂亮的苹果！这肯定是世界上最大的苹果！不过只有一只。篮子里的其他苹果都是小小的，绿绿的。

埃尔维斯着了魔一样盯着那只红苹果。他的眼睛瞪得滚圆滚圆，越看越眼馋。他一定要得到那只苹果！

这就是他今天来的目的！这就是他参加这场活动的意义——得到最大最红最圆的那只苹果，然后送给托尔斯滕！这样一来，托尔斯滕就可以把它写进自然笔记。他该有多高兴啊！

托尔斯滕心情好了，身体说不定也会跟着好起来的！

苹果象征着奇迹，而一个奇迹肯定可以创造出新的奇迹！

对，苹果应该给托尔斯滕！

但愿不会被别人抢了先！篮子从一个孩子手上传到另一个孩子手上。奇怪，谁都没有动那只苹果。大家都拿了普普通通的小绿苹果。他们看着都有点怯生生的。可能他们都知道，苹果不是给自己的吧。孩子们每拿出一只苹果，埃尔维斯的心就会咯噔一下。

埃尔维斯忐忑地环视着四周。还剩多少孩子？好像不多了……丽莎就站在他身边，一副跃跃欲试的样子。埃尔维斯可信不过丽莎，她很有可能把苹果抢走。坚决不可以！

埃尔维斯悄悄往前挪了几步，挤到了丽莎和另几个孩子的前面。他的心情稍稍放松了些。只剩两个女孩了，接下来就轮到他了。

谢天谢地！她们两个都没有拿那只苹果！想必是不敢吧。

但是他敢啊！老师还没来得及把篮子递到他面前，埃尔维斯已经伸出手抓住了那只红苹果。终于拿到了！现在苹果是他的了！埃尔维斯珍惜地将苹果捧在手心，脸上洋溢着胜利的喜悦。他觉得此时此刻，自己是最幸福的人。

这时，老师放下篮子，拍起手来，脸上的笑容更加灿烂了。埃尔维斯骄傲地捧着苹果站在那里，他知道自己才是真正的赢家。难怪老师一边拍手一边高喊："孩子们！孩子们！现在正是学习的好机会！我想让大家都过来看一看！看看埃尔维斯·卡尔松！你们看见他手上拿的大红苹果了吗？"

埃尔维斯骄傲地涨红了脸。他踮起脚尖，将苹果高高举起来，好让大家都看得见。瞧他赢得了什么！这是最好的战利品！

老师继续说道："你们都看到了，篮子里只有一只又大又红的苹果，其他的苹果都是小小的，绿绿的。绝大多数的孩子都拿了一只小绿苹果，因为他们想把大红苹果留给下一个人。只有埃尔维斯·卡尔松除外！他没有这么做，而是拿了唯一一只大红苹果。他没有考虑其他人，只想着他自己。孩子们，埃尔维斯·卡尔松给我们上了生动的一课，他的行为完全是反面教材。我们永远都不应该把最好的占为己有。我们应该时时刻刻想到其他人！记住了！”

埃尔维斯疑惑了：老师这话到底是什么意思？

所以她并没有在表扬自己？

其他孩子纷纷向他投来鄙视的眼神，老师的眉头也皱了起来。现在埃尔维斯总算看清楚了，她的脸上根本没有笑容，取而代之的是冷冰冰的厌恶表情。他的胳膊慢慢垂了下来，苹果啪嗒一声掉在地上，滚开了。

老师朝他点点头，依然皱着眉头。

“说的就是你，埃尔维斯·卡尔松！”

一个女孩将大红苹果捡了回来，对老师行了个屈膝礼，将苹果放回篮子里。老师拿着苹果递到埃尔维斯面前，用尖尖的指甲敲了敲苹果。

“这是一只假苹果，你就算拿回家也吃不了。”说完，她将苹果放了回去，又将整只篮子伸向埃尔维斯。

“下次不准这么做了。你可以再拿一只苹果，一只和其他孩子一样的小绿苹果！”

埃尔维斯盯着老师的脸，盯着她皱着的眉头和厌恶的表

情，然后向前走了一步，将篮子狠狠一推，里面的苹果全都咕噜噜地滚到了草地上。

埃尔维斯转过身，头也不回地跑掉了。

11 我就是埃尔维斯！

“每天都能去吗？”埃尔维斯充满期待地问。

“不行，埃尔维斯，最多每两天去一次。我已经够宽容的了！”妈妈说。

“不嘛！我要每天都去！”

“不行！每两天！你听见我说的话了？！”

他们在讨论埃尔维斯多久能去见一次托尔斯滕。医生已经打电话来和妈妈聊过了。虽然妈妈仍然很反对，但医生的态度很和蔼，说话声音又好听，妈妈心一软就让了步。话一出口妈妈就后悔了，她觉得被骗了，不过既然答应了埃尔维斯，她也不能变卦……

妈妈允许埃尔维斯去乡下探望托尔斯滕，前提条件是当晚他必须坐汽车回城里。至于在爷爷奶奶家过夜，连想都不要想！耍滑头也没用，妈妈会让爸爸开车去乡下把他接回来的。

“你想清楚，埃尔维斯！我这都是为了你好！”

他知道，妈妈这么做都是为了他好。可妈妈从没问过他真正想要什么。在妈妈看来，既然托尔斯滕病了，去爷爷奶奶家玩自然没什么意思。那意思是，反正托尔斯滕病得很重，都快要死了，所以他整个人也变得无聊起来。

所以，妈妈没把自己和医生说的内容告诉埃尔维斯。她打算保持沉默，能瞒一天是一天。

这天，托尔斯滕突然来电话了，他是要告诉埃尔维斯拍卖的事。拍卖进行得很顺利，可以说大获全胜！埃尔维斯的珊瑚蕨一共卖出十八克朗五欧尔，全都卖掉了！埃尔维斯培育了四盆，瞬间被一抢而空，照这个趋势，他想卖多少都行。大家对珊瑚蕨十分追捧。拍卖师刚捧起第一盆，宣布：“珊瑚蕨一盆，开价五十欧尔，有人要吗？”一个老太太立刻举起了手。之后气氛越炒越热，大家争相竞价，托尔斯滕甚至看不清都有哪些人在叫价。第一盆珊瑚蕨最后卖出了两克朗五十欧尔。第二盆的拍卖过程也差不多，拍卖师先是报了个比较低的起拍价，然后数字一路飙升，最后的成交价在三克朗十欧尔。后两盆更是抢手。第三盆卖出了五克朗二十欧尔，第四盆的价格甚至涨到了七克朗二十五欧尔。没错，大家简直在疯抢埃尔维斯的珊瑚蕨！

“你的钱都在我这儿呢！”托尔斯滕说，“你什么时候过来拿？”

“我尽快吧。”

“尽快是多快？今天吗？”托尔斯滕的口气中充满了急切和兴奋。

“那就今天好了！”埃尔维斯实在不忍心拒绝。他想，大不了自己就偷偷溜出去，反正家里是关不住他的。

妈妈听见了他和托尔斯滕的对话。本来她以为电话是医生打来的，所以赶到门厅想要接听来着。不过她也不想扫了埃尔维斯的兴，很快就要开学了，暑假也没几天了，她不如睁一只眼闭一只眼算了，也许等暑假结束后，这件事也就渐渐淡了。

“我希望你能抓住暑假的尾巴，好好享受享受，小埃尔维斯。你知道，丽莎很想见你……”

“托尔斯滕也想见我！见谁不见谁，应该由我自己决定！”

妈妈无奈地叹了口气。埃尔维斯真是不开窍，也怪她自己，怎么脑子一热答应了那个医生呢……

“不许天天去，只能隔天去，埃尔维斯！听到了没有！”

这样一来，他至少还有一半的时间和丽莎在一起。那个小可爱还是经常往家里跑，看着真让人喜欢。她每次都会主动提出带塞桑出去遛弯儿。

“你要知道，埃尔维斯。她是冲着你来的！”妈妈瞪着他，就好像他犯了什么大错一样。

丽莎又不笨，自然看得出埃尔维斯对自己不感冒，不过她对此很坦然。

“你就没有其他人可以玩吗？”一次，埃尔维斯不客气地问她。

丽莎睁着一双无辜的大眼睛，困惑地回答道：“我有你啊！”

埃尔维斯泄了气。

不过有一件事他倒很意外。丽莎从没和妈妈说过教堂活动上关于苹果的事。埃尔维斯本以为，丽莎肯定会和妈妈嚼舌根的。他已经做好了最坏的打算。妈妈应该会觉得很丢人吧，用她的话说，就是“脸都被埃尔维斯丢尽了”。而且妈妈和他强调过很多次，不要把最好的东西占为己有。他们讨论过这个话题。埃尔维斯搞不懂，要是大家都这么想，最好的不就剩下来了吗？那还是挺可惜的。不过既然妈妈都这么说了，他也就只好这么做，虽然他打心底里觉得这种做法蠢透了。

而且埃尔维斯也不是给自己拿的。他做一件事，往往都是为了自己喜欢的人，安娜罗萨也好，托尔斯滕也罢。他不理解的是，这种假惺惺的谦让怎么就算有教养了？完全就是演戏嘛！

不过关于苹果的事，丽莎的确一个字都没提，她既没有向妈妈告状，也没有追着埃尔维斯盘问。关于那天的活动，丽莎唯一遗憾的就是没有吃到冰激凌蛋糕。他们都被骗了，最后端上来的甜点是普普通通的冰激凌。因为那天主持活动的是一个代课老师。

“所以你也没损失什么。”丽莎说。

丽莎这么说还是很贴心的。

除此之外，她真是一无是处！如果拿她和安娜罗萨做比较的话，两个人完全是天壤之别！安娜罗萨永远都不会说什么“打、亲、骂、爱”之类的傻话，也不会想尽办法讨好妈妈，更不会像个跟屁虫似的缠着他不放。

安娜罗萨绝对不会对一扇打碎的窗玻璃耿耿于怀那么长时间。有疑问的话，她就直接问了，问完了就完了，不会再提。

不过丽莎显然还在纠结这件事，怎么都不肯释怀。她会毫无来由地突然问埃尔维斯他究竟为什么要替她背黑锅。虽然埃尔维斯已经无数次地解释过，自己完全没这个意思，可丽莎就是不相信。

她无法评判埃尔维斯的做法究竟是勇敢还是懦弱。如果他是为了其他人着想，那显然是英雄之举，可他要是因为自己心虚，那就是个彻头彻尾的懦夫。丽莎也不知道自己应该怎么想。照她的说法，这件事反正挺烦人的。

烦人？为什么？

丽莎没回答。

总之，丽莎这个人挺奇怪的。要是安娜罗萨在就好了。安娜罗萨的性格要爽快得多，和埃尔维斯也更玩得来。

至于丽莎嘛，总有点难以捉摸。在妈妈面前，她表现得既乖巧又可爱，不过背地里，她会毫不留情地朝埃尔维斯扔烂糊糊的李子和硬邦邦的栗子，还会写讨厌的匿名信。埃尔维斯心里清楚得很，只有妈妈还蒙在鼓里。

要不是因为托尔斯滕，埃尔维斯才不会受这种罪呢。至少现在，他还是可以每隔一天去见一次托尔斯滕的。如果埃尔维斯拒绝和丽莎见面的话，大概也别想再见到托尔斯滕了。情况就是这么复杂，现实就是这么无奈。

埃尔维斯只得在两个世界之间来回穿梭。一天去乡下，和托尔斯滕在一起，一天留在城里和丽莎在一起。在爷爷奶奶家的那天，大家都高高兴兴的，做什么事都很带劲，每一秒都弥足珍贵。他们无话不谈，甚至不避讳提到托尔斯滕会死的可能。托尔斯滕自己也很坦然。虽然说得不多，但从语气和态度来看，他似乎并不觉得死亡是一件特别悲伤的事。

“我算过了，要是只能再活三个月的话，我的人生也不是很短。当然按照年和月算的话，的确不长。可是以小时或分秒为单位的话，感觉就不一样了。”

奶奶温柔地看着他。

“没错，瞧托尔斯滕多会算！他知道如何延长生命的长度……”

“你们也知道，其实一分钟能做很多事，”托尔斯滕说，“何况三个月呢，三个月大约相当于十三万分钟，折算成秒的话，有差不多八百万秒呢。”

这是真的。时间的长短，完全取决于人们怎么看。

这种话题在家里是不能聊的。外公临终前，妈妈表现得很坚强，处处替外公考虑，帮他料理日常生活，可她从不和别人交流。对于妈妈和外公经历的一切，埃尔维斯和爸爸一无所知。

外公年纪大了，大家自然做好了最坏的打算。可是托尔斯滕不一样，他还是个孩子。不过未来如何，谁都说不好。他的病情总是反反复复。托尔斯滕自己当然是想要好起来的，可他又不敢抱太大希望，生怕希望越大、失望越大。他说，与其胡思乱想，不如坦然接受命运的安排。

托尔斯滕说，大自然的馈赠是如此奇妙，死亡因此并不显得可怕。死亡是一件再自然不过的事，他信任大自然，不愿改变自然的规律。

托尔斯滕说，自己想了很多，而且越想内心越觉得平静。爷爷也这么认为。不管会发生怎样的变数，他们都应该保持乐观和积极的态度。

爷爷说，人类没必要惧怕和抗拒自然，而应该尊重自然，顺应自然。所以重要的是，要知道哪些是自然的，而哪些是不自然的。这是爷爷一向的观点。

可妈妈不这么看！在妈妈的字典里，根本没有顺其自然这个概念。她总要按照自己的意思来。

所以家里才会被她搞得鸡犬不宁，空气中也总是充满焦虑，气氛会突然变得很紧张。妈妈从不信任自然，她和自然作对，和自然抗争，可总不能如愿。

所以家里从未有过真正的欢声笑语，妈妈总是疑神疑鬼。哪天埃尔维斯要是高兴了，她非得搞清楚原因才行。

但和爷爷在一起，他可以尽情地放声大笑，想怎么笑就怎么笑！不会有人追问原因。托尔斯滕也常常笑。哪怕聊到死亡这一类的严肃话题，爷爷家的气氛也是轻松而愉快的。可是在家里，就算他和妈妈玩飞行棋，气氛也是沉闷而压抑的。

这其中还有埃尔维斯·普雷斯利的因素。自从他死后，妈妈就表现得有些反常。她对这件事绝口不提，埃尔维斯试过和妈妈沟通，可妈妈充耳不闻。她既不想听，也不想说。

埃尔维斯的名字就是从埃尔维斯·普雷斯利那里获得的灵感！妈妈忘了吗？她以前可是很强调这一点的。妈妈经常说，那可是“真正的”埃尔维斯，和埃尔维斯·卡尔松不同。另一个埃尔维斯才是真正的埃尔维斯。言下之意是，她的埃尔维斯只是个一无是处的冒牌货。

不过现在，他就是唯一的埃尔维斯。真正的埃尔维斯走了，在这个世界上从此消失了。留下来的只有埃尔维斯·卡尔松。

这感觉太奇怪了。怎么说呢，多少有点儿孤单。

埃尔维斯·普雷斯利还活着的时候，埃尔维斯并不会特别注意到他。对于妈妈放的那些歌曲，他早已耳熟能详，但却从没有真真正正地欣赏过，总是一只耳朵进，一只耳朵出。

现在，他真想再听听那些唱片。可妈妈已经不再播放了。收音机里一旦出现埃尔维斯·普雷斯利的声音，妈妈就会立刻关掉。埃尔维斯只能趁着妈妈外出的时候，一个人在家里偷偷地放了听。他最常听的是关于木头的心的那首，那也是妈妈最喜欢的歌曲。

有一次，埃尔维斯坐在沙发上听唱片，结果妈妈回来了。她脸上的表情怪怪的，但她并没有直接冲过来关掉唱片机，而是依次带上门厅的门和厨房的门，然后待在厨房里。很显然，妈妈不想再听见埃尔维斯·普雷斯利的声音。

一个人怎么会发生如此大的变化——从一个极端走向另一个极端？

自从埃尔维斯·普雷斯利死后，妈妈好像对这个人突然畏惧起来。

不过在埃尔维斯·卡尔松看来，欣赏埃尔维斯·普雷斯利唱歌还挺有意思的。倒不是因为他死了，而是因为他的存在对这个家有着重要的意义——不单单对于妈妈而言。自从出生后，埃尔维斯·卡尔松几乎每天都会听见埃尔维斯·普雷斯利的歌声，这都快成了一种习惯，总不能说忘就忘吧……

埃尔维斯·卡尔松的的确确为埃尔维斯·普雷斯利感到难过。

所以，埃尔维斯一有机会就会偷偷听真正的埃尔维斯唱歌。有的时候，他觉得那歌声就是专门唱给自己的。埃尔维斯情不自禁地跟着哼唱起来，他渐渐学会了木头的心那首英文歌，还是挺简单的……

不过他注意到了一件事，有的时候，埃尔维斯·普雷斯利的声音听起来有些孤单，确切说，是非常孤单。妈妈难道没听出来吗？她是那么害怕孤单的一个人。

后来有一天，所有唱片都不见了！墙上埃尔维斯·普雷斯利的照片也不见了！取而代之的是一张外婆送的油画，上面画着红色的郁金香。

这太突然了！埃尔维斯到处找唱片，可一无所获。妈妈要么把它们收进了阁楼，要么藏进了地下室。埃尔维斯不敢问。而爸爸总算甩掉了负担，只觉得神清气爽。

现在，唱片机里唯一播放的是一张丽莎带来的唱片——丽莎·明尼里的专辑。

这太离谱了。无论如何也不该这么做吧?

将一个人连同他的一切从此封存起来，假装他从没存在过!

这真是妈妈做过的最糟糕的一件事。她自己孩子的名字都是照着埃尔维斯·普雷斯利起的，可现在，却要将他忘得一干二净?

妈妈像是铁了心，要以自己的方式和埃尔维斯·普雷斯利一刀两断。

不知道从什么时候开始，妈妈开始喊错他的名字。

“小伊利斯，你在哪儿呢？”

前几次，埃尔维斯以为是自己听错了。可是喊错名字的事一次又一次地发生，他总不见得每次都听错吧。埃尔维斯试着纠正妈妈，可妈妈就像没听见似的，继续我行我素。到后来，埃尔维斯也就偶尔纠正几次。他懒得和妈妈吵架，想着这场闹剧总会过去的。

可是并没有。过了一段时间，妈妈开始尝试另一个名字。

“伊利亚斯，我的小宝贝，你在哪儿？”

埃尔维斯真的生气了，可他还是装出若无其事的样子。他想，如果不小题大做的话，妈妈也许自己就消停了。

可情况愈演愈烈。下一个出现的新名字是埃尔文。典型的妈妈做派——她总是踌躇不定，不知道选哪个名字才好。妈妈得不断尝试新名字，直到满意为止。

“埃尔文，我的小宝贝，你在哪儿？”

然后她在屋里走来走去，像对待小婴儿那样猫着腰到处找他。妈妈说错名字的时候总会表现得格外和蔼可亲，所以很难和她翻脸。埃尔维斯忍住发火的冲动，安慰自己说，总有一天妈妈会厌倦这个游戏的。

可是并没有！妈妈很固执。一旦脑海里出现了某种念头，她就一定要执行到底，反正没那么容易放弃。

一天晚上，他们两个单独在家的时候，妈妈提出要和埃尔维斯过一个亲子之夜。

妈妈将客厅精心布置了一番。点上蜡烛，烤了香肠，然后加上芥末酱做成热狗，还准备了冰激凌酥皮挞作为餐后甜点。妈妈穿上了埃尔维斯喜欢的那条灯笼袖的蓝色连衣裙。她看起来漂漂亮亮、高高兴兴的。她说，她想和埃尔维斯聊聊。

埃尔维斯也想和妈妈聊聊，或许他终于能解开心中的疑问：妈妈为什么要把埃尔维斯·普雷斯利的痕迹从生活中抹去。弄清楚真相总是好的。

不过他很快发现，妈妈说想要和他聊聊，意思是她自己说个不停，而埃尔维斯只有听的份儿。当然还要表示赞同，不然气氛就僵了。

妈妈先是提到了外公，她回忆起他们父女俩的感情是多么深厚，她是多么崇拜自己的爸爸，又是多么骄傲生下了埃尔维斯。她第一次将埃尔维斯带去给外公看的时候，心情是多么紧张，生怕外公不喜欢他。

“我又没什么好看的。”埃尔维斯说。

“怎么能这么说呢，我的小宝贝。你可是我的骄傲。外公对你喜欢得不得了，外婆也是，怎么亲都亲不够。”妈妈一边说一边深情地直视他的眼睛。

埃尔维斯心虚地垂下了眼帘。明知道对方在撒谎，却要看着对方的眼睛，这实在太难了，他做不到。他宁可撒谎的那个人是自己。妈妈说的不是真的。外公一点儿也不喜欢埃尔维斯，只觉得他缺乏教养、调皮捣蛋。外公从没隐瞒过自己的不满，埃尔维斯当然都看在眼里。不过眼下，没必要拆穿妈妈的谎言，真相只会让妈妈难过。而且妈妈心里也清楚，她觉得丢人，而且将火都撒在埃尔维斯头上。这都是他的错。

不过既然外公已经不在了，妈妈回忆起来的时候，自然都往好的方面想。她比谁都清楚，她的爸爸不喜欢她的孩子。算了，埃尔维斯懒得争辩，妈妈非要这么以为，就让她这么以为好了。

妈妈叹了口气，惋惜地看着他。

“只有一件事，外公对你不是很满意。”她说。

是吗？那是什么事？埃尔维斯抬起头，好奇地看着她。妈妈想要告诉他什么？听起来是一件事很特别的事。

“别一副惊恐的模样，小家伙！你这么盯着我，看得我心里直发毛！这不是你的错，我没有这个意思。是妈妈自己不好，妈妈不听外公的话。妈妈很不懂事，很淘气！你能想象吗？”

埃尔维斯一时没反应过来。这和他有什么关系？妈妈刚才不是说，外公是对他不满意吗？她什么意思？

妈妈又叹了口气。她希望埃尔维斯能说两句安慰的话。她将纸巾揉成一团，都快要哭出来了。

“可你要知道，妈妈已经受到惩罚了……”

埃尔维斯当然知道。他听过妈妈说过好多遍了，因为上辈子造的孽，所以生下他这个讨债鬼。他就是妈妈最大的惩罚。不过现在提这个做什么？今晚不是亲子之夜吗？妈妈忘了吗？

妈妈紧紧盯住他的眼睛。

“妈妈的小宝贝……你知道外公对你不满的是什么吗？”

当然，外公对他什么都看不惯。埃尔维斯心里这么想，嘴上什么都没说。

“你知道吧，外公不想让我给你起这个名字——埃尔维斯。可我违背了他！你知道妈妈现在有多后悔吗？”妈妈重重地叹了口气，“外公最不满意的就是你的名字，埃尔维斯！”

埃尔维斯避开妈妈的目光。外公喜不喜欢这个名字，关他什么事？这是妈妈的选择。埃尔维斯没吭声。

妈妈的声音变得有些犹豫，不过还是吞吞吐吐地说了下去：“这段时间我想了很多……你知道，妈妈心里也不好受……外公已经不在了……一想到以前对外公的态度，我就……”

埃尔维斯看见蜡油从粗粗的蜡烛上流淌下来，于是伸出手摆弄起来。这是转移妈妈注意力的绝佳方式。蜡油会粘在桌布上，妈妈每次见了都会抓狂。

不过今天，她连这个都不在乎了！

妈妈站起身，从柜子上取下一只盒子，翻看起老照片来。妈妈给埃尔维斯看了很多她小时候的照片，还有外公外婆的照片以及其他人的照片。

埃尔维斯很喜欢看照片，他看得兴致勃勃。其中很多都是他出生前拍的，特别有意思。他仔细端详着照片，不放过每一个细节。那时候的照片表面仿佛都笼罩着一层柔和的光，显得融洽而静谧，完全没有阴霾。

“大概是照相机的原因。”妈妈说。

埃尔维斯半信半疑，也可能是时间的原因。新拍的照片里，光线总有些闪烁不定，忽明忽暗的。至少他这么觉得。

妈妈在照片堆里翻来翻去，好像急着要找什么。他们之间的气氛又一次变得温馨起来。埃尔维斯几乎忘了刚才的紧张和别扭。他给自己倒了杯汽水，又给妈妈倒了咖啡。妈妈还在翻着，她记得照片就放在盒子里。

她总算找到了那张照片，递到埃尔维斯面前。

“你知道这是谁吗？”

埃尔维斯接过照片。上面是一个年轻的小伙子，头戴一顶大礼帽，手里拿着一把黑色雨伞和一只旅行箱。显然已经有年头了。埃尔维斯从没见过他，自然不知道他是谁。

“这是外公的弟弟，他去了澳大利亚。照片就是他上船前拍的。他在澳大利亚定居了，现在还住在那儿呢。”

埃尔维斯仔细打量着照片上的那张脸。

“他看着脾气很好……”

“他脾气是很好。”妈妈说，“可以说，和你外公的脾气一样好。”

埃尔维斯觉得他看上去比外公的脾气好多了，不过这话还是不要说出来为好。房间里突然安静了下来，妈妈一副欲言又止的表情，埃尔维斯猜不出她究竟想要说什么。

“他比外公小很多岁吗？”埃尔维斯试图打破沉默。

妈妈点点头。她凑近了些，眼睛一眨不眨地盯着照片。

“他叫伊利斯。”妈妈说，“我叫他伊利斯叔叔，这个名字真好听，你觉得呢？”

埃尔维斯愣住了，一声不吭地将照片还给妈妈。

“外公希望你能叫伊利斯，而不是埃尔维斯。现在我才意识到，他是对的。”

埃尔维斯霍的一下站起来。原来铺垫了半天，妈妈就是为了说这个！够了！他心中的怒火在熊熊燃烧。

妈妈这是要夺走他的名字吗？这可是她自己给他起的名字！这也是妈妈一向引以为傲的名字！

他们互相盯着对方。

“我叫什么名字，不是外公说了算的！”他的嗓子眼儿像是被堵住了一样，说话也变得困难起来。

妈妈撇了撇嘴角。

“不光是外公，埃尔维斯。爷爷也不喜欢……”

她突然住了嘴，心虚地看了看埃尔维斯。他站在那里，眼睛里像要冒出火来！她都说了些什么？妈妈努力想要挤出一个微笑……

“先坐下吧，小宝贝。我们可以好好谈嘛！”

她在笑什么？有什么可笑的！

“不！不！”他大声喊道，“我就叫埃尔维斯！不会改名的！这是你自己给我起的名字！埃尔维斯就是我！我就是埃尔维斯！你懂不懂？”

12 埃尔维斯的答案

埃尔维斯度过了黑暗而阴郁的一天，晚上他做了好多噩梦，一整天的情绪都很低落。

埃尔维斯梦见了那只大红苹果，就是他在教堂活动上看到的、想要送给托尔斯滕的那只。在梦里，那是一只有毒的红苹果，里面都腐烂了，发出恶心的气味。

大多数梦境都已经模糊了，他只记得妈妈坐在爷爷家外面的树上，摘下一只又一只苹果朝他脑袋上砸去。他刚想要往前迈一步，妈妈就会用苹果将他打回去。

爷爷带着托尔斯滕站在窗口，一脸焦急却无能为力。托尔斯滕苍白而消瘦，眼见着就要死了，爷爷不能丢下他不管。

醒来的时候，埃尔维斯泪流满面。他情愿死的人是他，而不是托尔斯滕，这样爷爷就可以陪在自己身边了。

他渐渐平静下来，可迟迟不想起床。他平躺在沙发上，将被子平平整整地铺在身上。房间里亮堂堂的，阳光从窗户里透进来，洒在被子上。埃尔维斯双手交叉放在胸前，一动不动，屏住呼吸，就好像躺在棺材里一样。他静静体会着死亡的感觉。这感觉还不错。埃尔维斯试着抛去脑海中所有的念头，遗忘所有的记忆。他就这么躺了好久好久，手脚也渐渐麻木起来，他甚至怀疑自己已经不会再动了。

这时，妈妈走了进来，掀开被子，将他从沙发上拽了起来。

“今天你要去爷爷家，埃尔维斯！你忘了吗？你得抓紧了，不然赶不上汽车。”

妈妈一脸若无其事的表情，只字未提改名的事，莫非她已经放弃了？埃尔维斯有些怀疑。为了达到目的，妈妈总会想出其他办法的。

不管怎么说，他就是要叫埃尔维斯。

就算别人再不喜欢，觉得难听，他也无所谓。因为这是他的名字！

埃尔维斯刚准备出门，奶奶突然来了电话。托尔斯滕的情况不太好，甚至都起不来床了。她说，埃尔维斯今天还是别去了。

埃尔维斯从妈妈手里抢过听筒，他要亲耳听奶奶说。他不明白自己为什么不能去，他可以和爷爷一起玩嘛。

“医生很快就要来了，爷爷没空陪你玩。还不如等到明天，托尔斯滕的情况好转了再说。”奶奶的声音听起来既焦虑又沮丧，她匆匆说完就挂断了电话。

可埃尔维斯想去。奶奶为什么不让他去？

“你听到奶奶怎么说了，埃尔维斯！要是托尔斯滕身体不好，你去了也没意思啊！”

埃尔维斯过去又不是为了找乐子，他就是想和爷爷奶奶在一起。

“他们可能想要自己待着呢，埃尔维斯。”妈妈说。

自己……？埃尔维斯不明白，他们不是和托尔斯滕在一起吗？

如果自己非要去的话，他们会不会……？

“他们大概觉得你现在过去不合适吧，我的小宝贝。这你能理解吗？”

不，埃尔维斯不理解。他整个人陷入了黑暗，满脑子都是糟糕的念头。他努力想要忘记这些消极的想法，可怎么都甩不掉。

他想，托尔斯滕大概故意让自己病得很重，这样一来，爷爷就只属于他一个人了。

他想，如果托尔斯滕早晚都是要死的，那还不如现在死了算了，省得病恹恹地躺在那里拖时间，妨碍埃尔维斯和自己的爷爷见面。

不管怎么说，他们是埃尔维斯的爷爷和奶奶，埃尔维斯永远是第一位的！在托尔斯滕出现之前的整整八年里，爷爷都是埃尔维斯的。

埃尔维斯完全是出于好心，才肯借出爷爷的。可他连一声谢谢都没得到过！之前，也没有人问过他的意见！他们总该征求他同意吧？这是最基本的礼貌吧？

埃尔维斯从没抱怨过，可现在，事态的发展已经超出了他的预期。太过分了，他连去乡下见爷爷奶奶的权利都被剥夺了。

埃尔维斯很担心，他们就不明白吗？埃尔维斯担心托尔斯滕的身体，可他还是摆脱不掉那些消极的念头。他不愿那么想，他不是故意的，他自己甚至都不相信。

太可怕了……

为什么托尔斯滕不能告诉奶奶，他是想见到埃尔维斯的？他的情况已经那么糟了吗？万一他死了怎么办？埃尔维斯甚至都没有陪在他身边！

这一天似乎过得格外漫长。埃尔维斯的不安越来越强烈，他不知道自己该怎么办。外面淅淅沥沥地下起雨来。丽莎也没出现。

还好她没来。要是他们一起玩飞行棋，埃尔维斯肯定把气全都撒在她和妈妈头上，他会教她们好好尝尝他的厉害！他会把她们杀个片甲不留！所以丽莎今天还是不要出现的好。

什么事都没发生，这是他所经历过的最漫长的一天。

妈妈烤了蛋糕，把电话阿姨们挨个都通知了一遍，让大家今天都别打进来，以免爷爷打电话来的时候占线。

不过妈妈也许多虑了……爷爷今天要陪托尔斯滕的。

就在快吃晚饭的时候，门铃突然响了。

埃尔维斯几乎可以肯定，来的人是丽莎。妈妈大概也这么想，所以她主动去开了门。

门外站着的是爷爷。

埃尔维斯不可置信地盯着他。爷爷？爷爷！他冲过去，一头扑进他的怀里。爷爷抱住埃尔维斯，将他一把举过头顶，然后狠狠在他脸上亲了一口，埃尔维斯！

爷爷是进城给托尔斯滕买药的，正准备坐汽车回去。他想着埃尔维斯或许愿意一起去。埃尔维斯看了看妈妈，可以吗？

当然可以。妈妈点点头，赶紧进屋收拾埃尔维斯的东西。他今晚要住在爷爷奶奶家。

“托尔斯滕现在怎么样了？”妈妈问。

“托尔斯滕现在好些了。等他吃了药，情况会更好的。”

爷爷和埃尔维斯站在门口，准备出发去汽车站。妈妈看了看埃尔维斯，又看了看爷爷，目光有些羞怯。她突然开口说，爷爷能来接埃尔维斯过去真是太好了，埃尔维斯一天都闷闷不乐的，她看着都担心。

“可惜，我不是那个能让他开心的人。”

妈妈的语气有些哽咽，一直在低头看着自己的手。说完，她抬起头来，冲爷爷笑了笑，然后跑进厨房，拿出一块新烤的海绵蛋糕。

“能把这个也带上吗？当餐后甜点吃正合适。”

妈妈看起来仍然有些不好意思。

爷爷谢过妈妈，开了门。妈妈站在门厅，拘谨地转着手上的戒指。埃尔维斯看着她——妈妈是那么无措，那么善良，也是那么孤单。他的心一阵绞痛：妈妈是多想让他高兴啊……

“再见，妈妈！”埃尔维斯挥了挥手，一步步倒退着走出家门。

“再见，埃尔维斯！”

“我很快回来……”

“嗯……”她也冲埃尔维斯挥了挥手，笑了。

妈妈一直站在窗前，目送埃尔维斯和爷爷的背影消失在大街上。埃尔维斯就这么走了，留下妈妈一个人在家里。

埃尔维斯和爷爷到家的时候，托尔斯滕已经睡了，他暂时没有生命危险。医生说，明天早上醒来后，他的情况会更好一些的。

“不过现在就让他睡吧，”奶奶说，“你正好可以和我和爷爷一起聊聊天，埃尔维斯。”

他们吃了妈妈烤的海绵蛋糕，味道好极了。妈妈烤蛋糕的手艺真不错，奶奶连声夸赞。

爷爷坐在餐桌边，若有所思地吹着口哨。他们很高兴埃尔维斯能来，埃尔维斯始终很沉默。他当然也是愿意和爷爷奶奶在一起的，不过内心深处总有些难过。

那些可怕的念头虽然不在了，可却留下了深深的阴影。埃尔维斯很清楚，那是一些不可告人的想法。

会产生这种邪恶念头的人，脑子一定有点儿问题吧？

埃尔维斯能感到爷爷直视他的目光，他不敢看爷爷的眼睛。这时，爷爷握住他的手，紧紧地攥在自己的手心里。

“你知道吗，埃尔维斯……现在的日子并不轻松。不过我们彼此互相关心，互相帮助，包括你，包括我，包括托尔斯滕，包括奶奶。要是这样都不能战胜病魔的话，真是见了鬼了，你说呢？”

埃尔维斯也这么觉得。

要是他没有过那些讨厌的念头就好了!

“我要怎么做才能彻底摆脱它们呢?”埃尔维斯问。

爷爷用大手摩挲着埃尔维斯的小手,嘴里哼着小调。

“任何人都会产生糟糕的念头,”他对埃尔维斯说,“只要你知道,自己并不是真心那么想的就好了。”

那当然不是埃尔维斯的真实想法,可他还是觉得很沮丧。

爷爷点点头。他能理解埃尔维斯的心情,不过这一切低落或郁闷的情绪,只能由埃尔维斯自己承受。

“我们都会经历这些,我也是。有时候,我们心情很糟糕,难免产生一些阴暗的想法,事后又很后悔,拼命想要忘掉。”

埃尔维斯的目光一直盯在桌面上,听到爷爷的话后,他才慢慢抬起头来。

是吗……这样啊,所以没有他想象中那么糟糕?每个人都会有阴暗的想法?

“奶奶也会吗?”埃尔维斯惊讶地问。

“是啊,我也会……这当然不是什么值得骄傲的事,不过我也没法否认……”奶奶笑了笑,收拾了杯子走进厨房。

埃尔维斯看着爷爷的眼睛。所以,他并不是一个另类?这也不是上帝对他的惩罚?他还可以做他自己吗?

“当然，埃尔维斯。你不用太纠结，你就是你！只要你尽力做到最好就够了！”

这一点他当然可以做到。太好了！埃尔维斯的心情越发明朗起来，那层原本笼罩住他的雾霾渐渐散去，消失得无影无踪。

“爷爷，你觉得埃尔维斯这个名字傻吗？”

“傻……？这不是你的名字吗，埃尔维斯？我为什么会觉得它傻？你怎么会有这种想法？”

爷爷皱起眉头，用近乎严厉的目光看着他。然后爷爷解释说，妈妈给埃尔维斯起名的时候，他的确不希望埃尔维斯和某个名人同名。他担心名人效应太大，倒显得埃尔维斯不那么重要了。爷爷说，这个风险的确是存在的。

嗯，埃尔维斯知道。

“但你太厉害了，埃尔维斯！你让埃尔维斯真真正正成为自己的名字。现在，你就是埃尔维斯。没有人会怀疑这一点。”

埃尔维斯情不自禁地拍起手来。对！就像爷爷说的那样！没有人会怀疑！他豁然开朗，跟着爷爷一起哼起小调来。他们坐在阳光房的餐桌边，一边吹着口哨，一边用手打着拍子。

这时，突然又响起一声口哨。

门口站着的是托尔斯滕！

他刚睡醒，感觉浑身充满了劲儿，正嘀咕着，要是埃尔维斯在就好了。

“你果然在！”托尔斯滕笑了，“真好！”

托尔斯滕跑回房间穿好衣服，他也想加入埃尔维斯和爷爷的聊天。

“精神好的时候，我得抓紧玩。”托尔斯滕说。

可他的脸色还是很苍白。

“那你不会累吗？”埃尔维斯不安地问。

“才不会呢！不过今天早上，我差一点儿就要死了。”

“我居然不在！”

埃尔维斯眼睛一眨不眨地盯着托尔斯滕。托尔斯滕哈哈大笑，笑得他心里直发毛。

“你不害怕吗？”埃尔维斯问。

“怎么说呢……还行吧……”托尔斯滕做了个鬼脸，耸了耸肩膀，又笑了起来，“你知道，我这辈子都漂泊不定，从一个地方搬到另一个地方，我都习惯了。所以有时候我会想，总有一天，我会……怎么了？”

“讨厌的病！”埃尔维斯忍不住骂了一句。

“你说得太对了！”托尔斯滕突然严肃地看着他，“生病的感觉真是太讨厌了！”

也不知道是谁出的主意，反正他们两个跑了出去，在木柴堆旁边撒起欢来。埃尔维斯找到一只空油桶。他把油桶倒扣过来，朝着上面踢了两脚。托尔斯滕找来两根木棍，将油桶敲得咚咚响。

“讨厌！真讨厌！该死的病！我恨它！恨它！恨它！”

他将心中的愤懑全都宣泄出来。他们两个又踢，又敲，又骂，又叫。

爷爷奶奶赶忙跑了出来。

奶奶的神色有些紧张，她朝四周看了看，生怕打扰到其他邻居。不过爷爷很镇定，他也捡起一根木棍，和他们一起敲打起来。

“滚蛋吧，讨厌的病！”爷爷喊得比他们还起劲儿。

托尔斯滕和埃尔维斯的情绪越发高涨。这种感觉真好。

奶奶似乎有些惊魂未定，她并不能理解他们的兴奋点在哪儿，不过还是尽量附和道：“说得没错，病要是能滚蛋就好了……”她向爷爷投去求助的眼神，爷爷点点头，表示赞同。

托尔斯滕将油桶侧翻过来，然后敏捷地跳了上去。他张开胳膊，双脚来回踩着，将油桶滚来滚去。他脚下的动作越来越大胆，幅度越来越夸张。

“水手热爱大海，水手不惧惊涛骇浪。”托尔斯滕放声高歌。

埃尔维斯一脸崇拜地看着他。托尔斯滕冲埃尔维斯招招手，示意他过去。他们两个一起踩在油桶上，一边努力保持平衡，一边齐声高歌："听，海浪在咆哮……"

这天晚上，他们两个回到房间，怎么都睡不着。托尔斯滕静静地躺在床上，呼吸微弱得仿佛一只小鸟。埃尔维斯下了床，轻手轻脚地走了过去。

"我们可以一起睡，就像你以前和别人挤一张床那样。"

托尔斯滕往里挪了挪，给埃尔维斯腾出地方。

"我不需要安慰。"

"呃……我也没打算安慰你啊。"埃尔维斯摇了摇头。

"那就好。"托尔斯滕掀起被子，埃尔维斯钻了进去。

"不过你要是这么早就死的话，实在太可惜了。"

"嗯，是很可惜。"

他们面对面侧躺着，将头枕在手背上。埃尔维斯看见托尔斯滕的眼睛在黑暗中闪闪发亮，托尔斯滕也看着埃尔维斯。

"你是怎么知道的？"

托尔斯滕想了想，然后轻轻笑了两声。

"怎么说呢……"他似乎在琢磨该怎么回答，"那感觉就像是灵光一闪。我突然对自己说，行吧，行吧。"

托尔斯滕说，一天，一种不祥的预感仿佛闪电般击中他的大脑。他明白自己只能去适应，或许这就是命运……

“有的时候，人活着活着，就是会突然死掉的。我比谁都清楚！都不用医生告诉我！”

托尔斯滕的口吻充满了骄傲，他笑得无比灿烂。可埃尔维斯却一脸严肃，怎么都笑不出来。托尔斯滕拽过枕头，朝埃尔维斯扔去。

“别哭丧个脸！想想那些我们甚至没有机会经历的时代！”

“怎么说？”

“就是人类出现之前的时代。有数十亿年，人们都是一无所知的。还有人们死后……”

不过奶奶觉得人类是一直存在的，只是地点未知而已。当然奶奶说的也有可能，不过既然谁都无法证实，也就是说说罢了。

爷爷的观点是，一个人活在世上的时间有限，不应该将生命白白蹉跎掉。大家应该都像托尔斯滕那样，珍惜每一分每一秒。

“不过我相信你能行的！肯定行！”埃尔维斯说。

他的声音里透着坚定和力量，这是埃尔维斯的真心话。

托尔斯滕看了看他。

“你真这么觉得？”

“是的。”

埃尔维斯和托尔斯滕仰面朝天，看着天花板。一只苍蝇在微光中跳着舞，窗帘没有拉紧，夜空中星光闪烁，格外璀璨。他们两个静静地靠在一起，陷入了沉思。

“埃尔维斯，你还记得你不久前问我的问题吗？”

“嗯。”

埃尔维斯记得。托尔斯滕指的是关于地球中心或世界中心的问题。他还没有给出答案。

“那是一个很难的问题。”托尔斯滕说。

是的，埃尔维斯表示理解。

“我不知道自己能不能答得上来。”托尔斯滕打了个呵欠。

“没关系的。”

托尔斯滕又打了个呵欠。现在，他找到的问题比答案还要多，而对于每一个问题，他也不一定都能找到答案。托尔斯滕睡眼惺忪地说，或许很快他们两个就要颠倒过来，他成为提问者，而埃尔维斯成为回答者。

埃尔维斯觉得，如果他们轮流提问和回答的话，那样也不错。

过了一会儿，托尔斯滕彻底清醒了。

“地球上一共有多少个人？”他冷不丁问了一句。

埃尔维斯不太清楚，托尔斯滕继续说道：“假设地球上有四十亿人好了，我觉得差不多了……”

“然后呢……？”

“我们都知道，大自然是很公平的。对每个人都一样，无论这个人住在斯莫兰还是……”

“澳大利亚。”埃尔维斯补充道。

“对，无论在哪儿，地球上的四十亿人看见的都是同一个太阳、同一个月亮、同样的星星，并没有区别……”

“是啊……”

“我的意思是，”托尔斯滕的语气急促起来，“我的意思是……所谓地球的中心……到地球上每一个人的距离，应该是一样远或一样近的。不然就不公平了，你明白吗？”

“明白。”

“不过这个中心到底在哪儿呢？”

托尔斯滕看着埃尔维斯，一双眼睛在黑暗中闪闪发亮。他强打着精神说：“你能猜出来吗？”

“我猜不出来。”埃尔维斯摇了摇头。托尔斯滕笑了起来。

“你仔细想想就知道啦！你脚底下正踩着呢！”

“是吗？我脚底下踩着的只有床单。”

“你可真幽默。地球的中心就是我们现在所在的地方，所有人都一样。对于这个问题，地球上有四十亿个答案。我这么说，你明白了吗？”

没有，埃尔维斯不太明白，他沉思起来。

“要是这个人不在地上，而在天上呢？比如宇航员！要是真像你说的那样，对他们来说，地球中心不就在地球外面了吗？怎么感觉这么矛盾呢？”

这就说不通了嘛。宇航员脚踩在太空里，不算是地球了吧。托尔斯滕必须承认，这是个问题吧。

是啊，托尔斯滕又打了个呵欠。他疲倦地说，自己还没考虑周全，不过思路是对的。托尔斯滕似乎已经很累了。

“晚安，我们再仔细想想好了。”

托尔斯滕翻了个身，睡着了。埃尔维斯又琢磨了一会儿。他总觉得哪儿不对劲，可又说不出来。过了一会儿，他也睡着了。

第二天，托尔斯滕送埃尔维斯去汽车站。

明天就要开学了，不过埃尔维斯答应托尔斯滕，只要他一有空就会过来的。

他们早早就出了门，埃尔维斯打算走到下一个车站再坐车。以前爷爷送他的时候，他们也经常多走一站路。

车站旁边的小山坡上是一片牧场。今天正巧赶上三头壮硕的公牛在吃草。它们站在围栏边，盯着埃尔维斯和托尔斯滕越走越近，仿佛雕塑一般纹丝不动。铅灰色的天空中飘着大片大片的云朵。四周静悄悄的，埃尔维斯和托尔斯滕仿佛能听见公牛的呼吸。

他们两个停下脚步，汽车站就在眼前。

突然，托尔斯滕开始往山坡上爬去。他说，自己对付公牛很有一套。说完，他猫着腰，一边喘着粗气，一边轻手轻脚地走了过去。埃尔维斯想要阻止他，因为公牛毕竟是公牛。

可是托尔斯滕面不改色地继续往上走。

“我喜欢它们，它们也喜欢我。”

托尔斯滕已经爬上了坡顶，就站在围栏的另一侧，和公牛只有咫尺之遥。公牛缓缓地转过身来，也冲着他呼哧呼哧地喘着粗气。

就在这时，汽车来了，埃尔维斯上了车。

“再见！”托尔斯滕喊道，“下次见！”

车门关了。

埃尔维斯一屁股坐在座位上，透过窗户往外看。托尔斯滕正站在围栏外面，兴奋地冲他挥手，身后是三头壮硕的公牛，那真是一幅令人难忘的美好景象。在公牛的衬托下，托尔斯滕显得瘦弱而渺小，但埃尔维斯知道，托尔斯滕其实既坚强又勇敢，而且还充满了爱心。公牛显然也感到了这一点，它们和托尔斯滕在一起是那么和谐。

汽车一路向前驶去，车尾扬起团团灰尘。公牛似乎并不以为意，依然骄傲地昂着头。托尔斯滕不停挥着手，直到汽车消失在视线外。

汽车进了城后，埃尔维斯并没有在往常下的车站下车。他想要先把脑海中的思路理顺再回家见妈妈。等到他内心平静了，才能耐心听妈妈说话，好好和妈妈交流。

埃尔维斯一直坐到了广场，他下了车，往港口走去。今天是星期天，大家都不上班，埃里克也不在。他知道，下午茶是没戏了。

埃尔维斯去港口并不是为了喝下午茶的，他只想看看大海。

天阴沉沉的，远处的海平线和地平线完全融为了一体，那景象蔚为壮观，令人陶醉。

埃尔维斯沿着码头向前走。燕鸥和海鸥在头顶呼啸盘旋，空气中充满了大海的气息。

这时，从海面上刮来一阵大风，风卷起团团云朵，将它们吹得东摇西晃。

风也卷起了埃尔维斯。埃尔维斯张开双臂，和风玩起了游戏。他迎风奔了过去，这种对抗和角力的感觉实在太美妙了。他跑着跑着，突然转过身，让风推着他的背往前跑，就好像在荡秋千一样。

埃尔维斯觉得自己仿佛也变成了一只鸟儿，整个人轻飘飘的，快要融化进风里。

真好，真好！他快乐得唱起歌来。

这时，他突然意识到，托尔斯滕无法回答的那个问题，自己已经找到答案了。埃尔维斯盯着随风奔跑的双脚。

不，不在脚下！不在！

而在他的身体里！就在埃尔维斯的内心深处！那里才是他真正的归属！属于他自己的天地！

这完全是另一码事。

但有一点，托尔斯滕说对了。对于这个问题，地球上的四十亿人，至少要有四十亿个不同的答案，这样才显得公平。

可是，这个答案只能由每个人自己去寻找。而埃尔维斯找到了。他的内心欢呼雀跃着：就在这里！这里住着我！

一到家，他就要立刻打电话告诉托尔斯滕。

“现在我知道世界的中心在哪里了！”他要这么说。托尔斯滕肯定会问：“在哪儿？”

“就在你的心中！也在我的心中！在我妈妈的心中！在所有人的心中！”他要这么回答。

这才是正确的答案！

听到埃尔维斯的回答，托尔斯滕该有多开心啊！